Brauch deine Liebe nicht

Von
Manfred Riediger

Die Geschichten, die ich in diesem Buch erzähle, sind wahr. Alles hat sich so oder so ähnlich abgespielt. Natürlich habe ich die Namen der meisten Protagonisten verändert und mir auch neue Rahmen ausgedacht, in die ich die Erzählungen eingebettet habe. Sollte ich an einigen Stellen übertrieben haben, wird es der Leser schnell merken. Den Geschichten tut dies keinen Abbruch.

Verlag: BoD · Books on Demand GmbH, Überseering 33,
22297 Hamburg, bod@bod.de
Druck: Libri Plureos GmbH, Friedensallee 273,
22763 Hamburg
ISBN: 978-3-7543-4728-7

Inhaltsverzeichnis

1 Klaras Welt

In der Nacht als mein Vater starb, hatte ich einen sehr erotischen Traum. Die Handlung des Traums kann ich nicht mehr wiedergeben, jedoch führte er unweigerlich zu einem Orgasmus. Ich wachte sehr zufrieden auf, erfreut und belustigt zugleich. Dass ein Mann meines Alters noch feuchte Träume haben konnte, erstaunte mich. Ich blickte mich zu der Frau um, die neben mir lag, ob sie mir dieses Vergnügen wohl verschafft hatte, doch sie schlief ruhig und unschuldig. Ich stand auf, wusch mich, dann legte ich mich wieder ins Bett. Als wir frühstückten, klingelte das Telefon. Die Lebenspartnerin meines Vaters teilte mir mit, dass mein Vater in dieser Nacht verstorben ist. Ich war schockiert. Dasselbe war beim Tod meiner Mutter auch passiert.

Einige Tage nach der Beerdigung erzählte ich meiner Kollegin Theresa von dieser Sache. Sie müssen wissen, dass wir uns seit vielen Jahren einen Schreibtisch teilen, sie hüben, ich drüben, hat sich so ergeben. Zwingend bedeutet dies, dass sie der Mensch ist, mit dem ich die meiste Zeit meines Lebens verbracht habe. Wir schätzen uns. Manchmal gehen wir miteinander aus, schickimicki-Essen und so. Natürlich war sie auch schon bei mir zu Hause, Abendessen im Kerzenlicht, und nichts sonst weiter. So sehr wie ich die Frauen liebe, so wenig liebt sie die Männer. Auf dieser Ebene ist echte Freundschaft zwischen Mann und Frau durchaus möglich. Wir haben uns gefunden, seitdem kennen wir unsere Seelen wie kein anderer Mensch. Das ist gut.

„Vielleicht wollte dir dein Vater noch etwas mitteilen, wie deine Mutter damals. Erst, pass gut auf deinen Vater auf, jetzt, bei deinem Papa, pass gut auf dein Erbe auf, verprass es nicht, mein lieber Junge."
„Du glaubst also, dass es irgendwie weitergeht?"
„Könnte sein. Ich glaube, dass so eine Art Netz um den Globus gespannt ist, dass es da Synapsen gibt und wir alle, zumindest mit den Menschen, die uns nahe sind, irgendwie mit unseren Gedanken oder mit unserem Geist verbunden sind."
„Oha. Beispiel?"
„Naja, gerade das, was du erlebt hast. Oder: man hat doch schon oft gehört, dass beim Tod eines Menschen eine Uhr stehen geblieben ist. Da steckt doch eine Kraft dahinter."

„Mensch Theresa, es sterben jeden Tag so viele Menschen. Da kann doch mal zufällig zum Zeitpunkt des Todes eine Uhr stehenbleiben."

„Dann eben ein anderes Beispiel, hat mir meine Vermieterin erzählt. Nach dem Tod ihres Mannes hat ihre Tochter ein Waschzwang befallen. Die Kleine, sieben Jahre war sie gerade mal, ist mit dem frühen Tod ihres Vaters nicht zurechtgekommen, musste sich ständig die Hände waschen. Meine Vermieterin ist mit ihr zu so vielen Ärzten gerannt und keiner konnte helfen. Weißt Du, was sie gemacht hat? Ihr ist ihre alte Religionslehrerin eingefallen, eine Nonne, der man übernatürliche Kräfte zuschreibt. Zu der ist sie dann gegangen …"

„… und die hat sie dann gesundgebetet. Leck mich fett!"

„Die hat mit der Kleinen geredet, ob sie mit ihr gebetet hat, weiß ich nicht, aber dann ist sie zum Fenster gegangen, hat es aufgemacht und auf einmal hat sie schwer geatmet, so schwer und laut, dass Mutter und Tochter erschrocken sind. Dafür hat sie sich dann entschuldigt und gemeint, dass das Kind von ihrer Sucht nun befreit sein sollte."

„Und so war es dann auch."

„Und so war es dann auch, du Spötter! Und sie hat gesagt, dass von ihr zuweilen eine Kraft ausgeht, als Medium, die sie selbst nicht erklären kann."

„Bin tief beeindruckt."

„Tief arrogant bist du. Du weißt ganz genau, dass es Dinge zwischen Himmel und Erde gibt, die man nicht erklären kann."

„Kann man schon. Doch, doch, doch."

***

Ich habe mich dann ins Wochenende verabschiedet. Der Plan war in mein Heimatdorf zu fahren, wo ich mein altes Elternhaus vermiete, um persönlichen Kontakt mit den Mietern zu pflegen. Ich mache das öfters so, miete mich dann in ein Landgasthaus ein und genieße das Leben. Auf der Fahrt hatte ich genug Zeit über das Gespräch mit meiner Kollegin nochmals nachzudenken. Ich konnte ihr nicht recht geben. Alles ist erklärbar. Vor ungefähr fünf Jahren hatte ich auch ein paar seltsame Erlebnisse, unheimlich, aber letztendlich erklärbar. Als ich eines nachts ins Bett gegangen war, und mich nochmals umdrehte um das Licht auszumachen, sah ich eine Frau in meinem Schlafzimmer. Sie saß auf dem Rattansessel, auf dem ich meine Kleider abzulegen pflege. Auf ihrem Schoß saß ein Mädchen, blaues Kleid, lange, schwarze Haare. Ich bin furchtbar erschrocken, habe die Frau fassungslos angestarrt. Ich kannte sie nicht. Wie war sie in die Wohnung gekommen? Und wer war das Mädchen auf ihrem Schoß? Die beiden saßen völlig unbeteiligt auf dem Stuhl und starrten ins Leere, haben mich gar nicht beachtet. Saßen einfach da und glotzten. Als ich fragte: „Wer sind Sie?", blickte die Frau auf, als sich unsere Blicke trafen, verschwanden beide, haben sich in Luft aufgelöst. Ich habe diese Vision meinem abendlichen Alkoholkonsum zugeschrieben. Ein paar Tage später ist mir fast dasselbe nochmal passiert. Ich ging spät zu Bett, konnte aber nicht richtig einschlafen. Mal kurz weggeknackt, dann wieder wach. In so einer Wachphase wollte ich aufstehen und zur Toilette gehen. Als ich die Augen öffnete, saß ein Mann an meinem Bett. Er war mir sehr nahe, so dass ich intuitiv zurückwich und sagte: „Verdammt, wer sind Sie? Was wollen Sie hier?" Er blickte mich an, wohl selber erstaunt, dass ich ihn angesprochen hatte, und dann war es so, wie beim ersten Mal: als sich unsere Blicke trafen, löste er sich vor meinen Augen auf.

Das kann man erklären. Halluzinationen. Sie treten unter anderem bei bestimmten Nervenkrankheiten auf, wenn man nicht richtig auf die verabreichten Medikamente eingestellt ist oder überdosiert hat. Und ich habe eine Nervenkrankheit. Mein Arzt hat mich aufgeklärt. Er hat mich auch gewarnt, dass die Medikamente, die er mir verschrieb, zu Spielsucht und einem gesteigerten sexuellen Verlangen führen könnten. Auch Halluzinationen könnten auftreten. Zu viel Dopamin. Aber spielsüchtig bin ich nie gewesen, da besteht wohl keine Gefahr und das mit dem Sex hat sich bisher leider auch nicht eingestellt. Wir haben dann die Dosis verändert und weg waren die Halluzinationen, alles erklärbar, keine Geister. Mein Arzt hatte mich gefragt, ob ich mit den Personen, die mir da erschienen waren, auch geredet hätte? Ohlala! So etwas war tatsächlich möglich?! Das hat mich ungemein interessiert und ich begann mit den Tabletten ein wenig zu experimentieren. Ich hätte doch zu gerne gewusst, wie weit man in diese fremde Welt eintauchen konnte, einen Spaß wollte ich mir machen. Leider haben sich diese Erscheinungen dann doch nicht mehr eingestellt, mein Körper hatte sich wohl an die Droge gewöhnt.

***

Ich kam spät abends in meinem Dörflein an, ging zuerst kurz aufs Zimmer und dann in den Gasthof, um noch etwas zu essen. Es waren nur noch wenige Leute da und als ich mit dem Essen fertig war, war ich praktisch mit der Bedienung allein. Monika, eine große, blonde, schlanke Person, drei Mal unglücklich verheiratet, drei Mal glücklich geschieden. Wir kennen uns. Seit der Schulzeit. Sind in die gleiche Klasse gegangen, lang, lang ist´s her. Sie brachte mir mein drittes Bier, einen dritten Schnaps, setzte sich zu mir und fragte mich nach meinem Leben aus. Dann kamen noch zwei alte Freunde aus der Volksschule hinzu. Es wurde lustig, feuchtfröhlich und sehr spät. Irgendwann nach Mitternacht löste sich die Runde auf. Ich verließ das Gasthaus, ging mit wackeligen Knien über den Innenhof in Richtung Gästehaus, als ich eine Stimme hinter mir hörte. Monika. Sie stand in einer dunklen Ecke, an der Hofmauer, Zigarette in der Hand: „Du gehst wie ein alter Mann. Soll ich dich ins Bett bringen oder schaffst Du´s allein?" Ich überlegte kurz. „Ich schaff´s allein." Sie presste ihr schmalen

Lippen beleidigt zusammen. „Vielleicht besser so, so wie du beieinander bist." Sie zog noch einmal kräftig an ihrer Zigarette, schmiss sie dann auf das Pflaster, drehte sich um und tschüss.

Erst ging ich ins Bad zum Pinkeln, dann schaltete ich den Fernseher ein, dumme Angewohnheit, dann flackte ich mich in den breiten Ledersessel, der in einer Ecke stand und streckte mich aus. Dann klopfte es an meiner Tür.
„Ja, was ist?"
„Bist du noch wach?"
Eine Frauenstimme. Nicht Monika.
„Ja. Moment."
Ich öffnete die Tür nur einen Spalt, fast ängstlich.
„Klara!"
„Da schaust du, was?"
„Wo kommst du denn jetzt her?"
„Ich habe die Moni gerade auf der Straße getroffen. Sie hat mir gesagt, dass du mal wieder im Lande bist, dass ihr gerade eben erst ein kleines Gelage beendet habt und du bestimmt noch wach bist. Und schon bin ich da."
„Du traust dich. Komm rein."
„Das würde dir so passen. Komm raus! Begleite mich nach Hause, die Luft ist so rein, der Flieder duftet, die Sterne funkeln am Firmament,

Heimat, deine Sterne. Komm, mein lieber Romeo, komm."

So war sie schon immer gewesen. Extrovertiert, versponnen, schiss sich wenig um Konventionen und Sitten, krass. Auch ein Kind des Dorfes, ein paar Jahre jünger als ich, aber immer dabei mit uns Großen, danach immer wieder mal losen Kontakt. Wir verließen das Gästehaus. Ich legte meinen Arm um ihre Schulter. „Darf ich?" „Sehr angenehm." Dabei legte sie ihren Arm um meinen Rücken und schmiegte sich an meinen Körper, auch sehr angenehm. Zunächst gingen wir in Richtung Friedhof. „Da werde ich mal liegen," verriet sie mir. „Ich auch. Habe ich schon festgelegt. Erst Brand, dann Urne, dann anonym hier im Friedwald. Kein Grab, keine Grabpflege, kein Theater, nur Heimat." „Da haben wir ja eine gemeinsame Zukunft. Freu mich darauf. Mit dir im Hades, wie aufregend." Für den Spaziergang entlang einer Friedhofsmauer ein passendes Thema.

Sonst hatte ich sie noch nichts gefragt, nicht einmal wie es ihr so ginge. Lag an der Überraschung ihres Besuches und meinem vom Alkohol etwas wackligen Körper. Wir kamen immer wieder aus dem Tritt. Blieben stehen, sprangen in die Luft, mit einem Scherenschlag versuchten wir den Takt wiederzufinden und gingen weiter. Es war lustig. Wir bogen rechts ab, was heißt, wir gingen nicht durch das Dorf, sondern wählten den Weg „außen rum." „Wo wohnst du?" „In der Neubausiedlung, hinten, bei der Schafwiese." „Ich wusste nicht, dass da gebaut worden ist." „Ich weiß, dass du es nicht weißt."

Mittlerweile war mittelhohe Aufzugsbewölkung über das Land gezogen, bald würde es regnen. Es war stockdunkel geworden. Links und rechts von uns Einfamilienhäuser, natürlich kein Licht mehr, auch die Straße war nicht beleuchtet. Dann gabelte sich der Weg, rechts ging es zurück in die Dorfmitte, links in die Siedlung. Wir gingen nach links. Eine Neubausiedlung hätte ich mir anders vorgestellt, hell, offen, einladend. Da waren zwei Zeilen von Reihenhäusern, die Hauswände dunkel, fast schwarz, wie verkohlt. Ich kam mir vor wie in einem Arbeiterviertel in Nordirland. Im Gegensatz dazu waren die Türen mit leuchtenden Farben angestrichen. Grell gelb, krass grün, bedrohlich rot. Ich musste an die bunten, von der Sonne beleuchteten Häuser auf Burano denken. „Gefällt's dir hier?" „Muss ich mir bei Tage anschauen."

Vor einem Haus mit einer himmelblauen Tür blieben wir stehen. Ich wartete auf die Frage aller Fragen. Sie umarmte mich. Drückte ihren Busen an meinen Oberkörper, so offensichtlich, dass ich unverschämt freudig lächeln musste. Dann gab sie mir einen Kuss auf die Wange und biss in mein Ohrläppchen. „Ein anderes Mal." Sie drehte sich um, sperrte die Haustür auf, machte Licht. Plötzlich entflammte der Flur, als wäre sie in das Allerheiligste heimgekehrt. Noch einmal drehte sie sich zu mir: „Bis Morgen." „Bis Morgen. Versprochen?" „Versprochen." Klappe zu.

Ich stand in der Dunkelheit. Ich wählte spontan den Weg durch die Dorfmitte zurück zum Hotel, mein Kopf voll mit Gedanken an diese verrückte Klara. Es musste jetzt gegen halb Zwei sein. Nach zirka fünf Minuten kam ich am Dorfplatz an, mit dem alten Rathaus und der Schule, wenige Meter daneben die evangelische Kirche mit der großen Linde im Garten. Als Kind war ich oft auf diesen Baum geklettert und hatte mir die Welt von oben angesehen, unerlaubterweise, wahrscheinlich hatte der Pfarrer Angst gehabt, in seinem Pfarrhof könnte ein Unfall passieren. Ich stellte mich vor den alten Baum, blickte ihn an, schaute an ihm hinauf und erstarrte! Im Geäst baumelte ein Mensch, mit einem Seil um den Hals, erhängt. Mein Herz begann wie wild zu schlagen. Ich konnte nicht erkennen, wer es war, der da hing, hatte ich doch meine Brille in der Eile im Hotelzimmer liegen lassen. Was ich schon ausmachen konnte war, dass es sich bei der toten Person um eine Frau handelte, die Erhängte war vollkommen nackt. Was sollte ich tun? Sollte ich laut um Hilfe schreien? Hier kam jede Hilfe zu spät. Ich sollte die Polizei anrufen, hatte mein Handy aus besagtem Grund aber auch nicht dabei. Also entschloss ich mich, schnell in mein Zimmer zu laufen, nur wenige Minuten entfernt. Weg, nur weg von diesem elenden Ort. Ich drehte mich um und da stand dieser Hund.

Das war kein Hund, das war ein Untier. Hatte mich der Anblick der Erhängten schon bis ins Mark erschüttert und mich in schiere Angst versetzt, so schaute dieser Hund wirklich lebensbedrohlich aus. Ich weiß über diese Tiere nicht Bescheid, dachte aber sofort an einen Bluthund. Heute weiß ich, dass Bluthunde niedliche Tiere sind, im Vergleich zu dem, was da vor mir stand. Das Vieh hatte dieses hässliche, kantige Gesicht und diese dämonischen, gelben Augen, wie man sie sich bei solchen Bestien vorstellt, einen Schädel wie der

Teufel persönlich. Er sprang an mir hoch, zerfetzte mit seinen scharfen Krallen meinen Pullover, kam ganz nah an mein Gesicht. In seinem Atem roch ich seine wilde Streitlust, er knurrte, bellte, fauchte, pure Aggressivität. Sein Bellen hätte eigentlich das ganze Dorf aus dem Schlaf reißen müssen. Aber nirgendwo ging ein Licht an, nirgends öffnete sich ein Fenster, niemand interessierte sich für uns. Dann biss er mich in meinen linken Unterarm, ich schrie auf, fühlte mein Blut fließen. Es gelang mir ihn abzuschütteln. Es trat eine Kampfpause ein. Wir beobachteten uns. Ich hatte gegen diesen Hund keine Chance. Anstatt laut um Hilfe zu schreien, versuchte ich mit ihm zu reden. „Ist das dein Frauchen?" Dem Hund war nicht nach Konversation. Er zog seine Nüstern zurück und duckte sich zum Sprung. Ich hob meinen rechten Arm zum Schutz. Gleichzeitig setzte ich mich langsam in Bewegung, nur weg hier. Er folgte mir, keine drei Meter Abstand, als wolle er sich versichern, dass ich sein Frauchen auch wirklich in Ruhe lassen würde. Nimm dich in Acht! Lass deine Finger von ihr! Sonst musst du es büßen! Bis zum Hotel ging das so. In der Hofeinfahrt blieb er stehen. Ich erreichte die Haustür des Gästehauses, steckte den Schlüssel in das

Schloss, drehte mich noch einmal um, ich sah das Untier nicht mehr. Es war weg. Mein ganzer Körper begann zu zittern, heftig zu zittern, so dass ich mich auf die Türschwelle setzen und mich mit dem Rücken an die Haustür lehnen musste. Ich sah sicherlich furchtbar aus. Mein linker Unterarm schmerzte, mein rechtes Bein blutete, Hose zerrissen, Pullover in Fetzen, Gesicht und Hände blutig gekratzt. Dann hörte ich ein Geräusch. Ich blickte auf und sah das Vieh unmittelbar vor mir kauern, geduckt, bereit zum Sprung. Mit aufgerissenem Maul sprang es direkt in mein Gesicht und biss zu.

$$***$$

Als ich wieder aufwachte, konnte ich nichts sehen, hatte keine Schmerzen, hörte nur, dass es draußen regnete. Wo war ich? Offensichtlich lag ich in einem Bett, konnte mich aber momentan nicht orientieren.
An meiner Tür klopfte es, dann wurde es hell, mein Zimmer wurde mit Licht durchflutet. Jemand setzte sich an mein Bett uns sagte:
„Wie siehst du denn aus? Deine Augen sind ja ganz verklebt. Wo bleibst du?"
Monika.

„Was ist los?"

„Wir warten mit dem Frühstück auf dich. Gibt bald nichts mehr. Du bist doch sonst immer der Erste im Frühstücksraum. Das ältere Ehepaar von nebenan hat mir gerade erzählt, sie hätten heute Nacht Schreie aus deinem Zimmer gehört. Hattest du noch Damenbesuch?"

„Schmarrn."

Langsam konnte ich wieder meine Augen öffnen.

„Wie kommst du hier rein?"

„Generalschlüssel, mein Lieber. Um besondere Gäste kümmere ich mich besonders."

„Dann muss ich ja heute Nacht eine Kette vorlegen." „Jetzt red´ nicht so dumm daher. Geh lieber ins Bad und mach dich ein bisschen frisch und dann komm rüber. Oder soll ich das Buffet abbauen? Und lüften wäre auch nicht schlecht."

Ich hatte also geträumt. War in Panik geraten, hatte geschrien, aber zum Glück eben nur geträumt. Das war in dieser Form noch nie mit mir geschehen. In den letzten Jahren bin ich nachts oft mit einem Angstgefühl aufgewacht, schweißgebadet, obwohl es keinen Grund gab, vor irgendetwas Furcht zu haben. Ich konnte mich dann auch wieder schnell beruhigen und weiterschlafen. Aber dieser Traum hatte eine besondere Klasse.

Im Frühstückszimmer war ich der Letzte. Monika setzte sich zu mir, sie hatte sonst nichts zu tun. Mit einer Kopfbewegung deutete sie auf eine Schachtel Maxipenzol, die ich neben meine Kaffeetasse gelegt hatte, und fragte mich:
„Was nimmst du denn da für Tabletten?"
Neugieriges Weib, aber selber schuld.
„Das sind Nahrungsergänzungspillen, Vitamine B, B12, wenn du es genau wissen willst."
„Und wozu brauchst du die?"
„Ich habe einen Vitamin B Mangel, führt zu Müdigkeit, taugt mir nicht, will leben, nicht schlafen."
„Aha, und die nimmst du zwei Mal am Tag."
„Nee, einmal am Tag reicht."
„Aha, und was nimmst du dann nachts?"
„Wieso?"
„Gestern Abend habe ich neben deinem Bier doch auch so ein Päckchen liegen sehen."
„Das waren die Magnesiumtabletten. Gegen nächtliche Wadenkrämpfe."
Sie lachte schallend, griff an meinen Oberarm und hauchte mir zu. „Die hätte ich dir auch wegmassieren können."

Das Gespräch gefiel mir nicht. Nicht wegen ihrer Anzüglichkeit, glauben Sie bloß das nicht, das wäre zu viel der Ehre. Nein, ich hatte sie angelogen. Maxipenzol ist ein hochwirksames Nervenmittel, braucht niemand zu wissen, dass ich sowas nehmen muss. Wenn ich das aber auch gestern Abend genommen hätte, bei dem Alkoholkonsum, würde das einiges erklären. Ich wechselte das Thema, ich hatte einige Fragen:

„Mir war heute Nacht so, als ob ich eine Sirene gehört hätte. Polizei, Feuerwehr oder so, ist was passiert?"

„Ich weiß von nichts. Das hast du wahrscheinlich geträumt."

„Wahrscheinlich. Weißt du von wem ich auch geträumt habe? Von Klara. Was ist denn aus der eigentlich geworden, weißt du das? Ich habe sie schon so lange nicht mehr gesehen."

„Klara!? Hast du das denn nicht mitgekriegt? Die ist tot."

„Was? Was ist passiert?"

„Die hat sich umgebracht, vor einem Vierteljahr, erhängt, an der alten Linde neben der Kirche. Aber frag´ mich nicht warum."

Meine rechte Hand begann zu zittern, wie sie das in letzter Zeit immer tut, wenn ich Stress empfinde. Diese Nachricht hatte mich getroffen.

Monika erkannte meine Betroffenheit. „Ihr habt euch gemocht, gell?" Sie strich mir liebevoll über meinen Oberarm, das fand ich sehr sympathisch, stand auf und ging.

Klara hatte sich erhängt! Ich konnte es nicht fassen. Zumal ich sie jetzt gerade zu sehen glaubte. Eine Frau war in das Frühstückszimmer gekommen, schwarze Haare, rotes Kleid, roter Lippenstift. Sie setzte sich an einen Tisch neben dem Ausgang. Ich konnte sie natürlich wieder nicht deutlich erkennen, weil ich in meinem morgendlichen Tran meine Brille auf dem Nachtkästchen hatte liegen lassen. Aber sie blickte permanent zu mir. Ich aß mein Brötchen auf, trank den letzten Schluck Kaffee, stand auf und eilte zum Ausgang. Die Frau war weg.

Ich dachte daran, dass mir Klara versprochen hatte, mich heute wieder zu treffen. „Bis Morgen" hatte sie gesagt, und: „Versprochen." Im selben Moment ärgerte ich mich über diesen Gedanken. Hallo! Du hast alles nur geträumt, Mann. Vergiss es!

Dann besuchte ich meine Mieter, wollte besuchen, leider waren sie nicht zu Hause. Das kommt davon, wenn man sich nicht anmeldet. Ich klingelte bei den Nachbarn, Gisela und Reinhard, ebenfalls alte Schulfreunde von mir. Ich sagte ihnen, dass ich heute erst von Klaras Tod erfahren hätte, ob sie Näheres wüssten. Scheinbar wusste aber keiner was Genaues. Klara war wohl jahrelang verschollen gewesen, plötzlich war sie wieder aufgetaucht, tot im Baum. Nach dem Besuch spazierte ich zu den Schafwiesen. Da gab es keine neue Siedlung, keine verkohlten Häuser mit glühenden Türen, natürlich nicht. Was für ein blöder Traum!

Nachmittags ging ich in die Sauna, am frühen Abend nahm ich in meinem Landgasthof das Abendessen ein. Monika war erfreut mich zu sehen: „Ich hatte schon Sorge, du würdest die Nacht woanders verbringen." Ich bestellte ein Fläschchen Frankenwein, bezahlte gleich und nahm mir die Zeit, den Wein genüsslich zu leeren. Nach einem zusätzlichen Schoppen beschenkte mir der Alkohol die Müdigkeit, die ich brauche, um einzuschlafen. Also stand ich auf, wollte Monika noch Ade sagen, aber sie hatte schon Schluss gemacht und lag vielleicht schon im Bett, möglicherweise in ihrem eigenen. Ich verließ also den Gasthof und ging, ich gebe es zu, wieder mit einem etwas unsicheren Schritt, in Richtung Gästehaus. Da hörte ich eine Frauenstimme:

„Wohin zu später Stund´, schöner alter Mann?"
Monika war das nicht.
Ich schaute mich um. Entlang des Gästehauses waren Autos geparkt. Stand da jemand zwischen den parkenden PKW´s? Nein. Dann vernahm ich eine Bewegung und entdeckte in der Dunkelheit am Ende des Innenhofes eine Gestalt. Sie kam langsam auf mich zu: Klara! Glauben Sie nun bloss nicht, ihr Auftreten hätte etwas Unheimliches, etwas Mystisches an sich gehabt. Ich empfand ihre Erscheinung vielmehr sehr angenehm. Sie trug ein elegantes, ärmelloses Kleid, leuchtendes hellrot, genau die Farbe ihres Lippenstifts, sonst nur helle Haut und dunkle Haare. Von einer Hoflaterne beschienen, stand sie nun auf dem noch regennassen, spiegelnden Kopfsteinpflaster und strahlte über das ganze Gesicht. Offensichtlich freute sie sich auch, mich zu sehen.
„Jetzt schau nicht so doof, dummer Bub. Ich habe dir doch versprochen, dass wir uns heute sehen. Ich bin kein Geist."
"Es gibt keine Geister."
„Doch. Es gibt Geister. Hast du nicht von den Nephilim gelesen, die bis zum Tag des Gerichts in

den Tartarus gesperrt wurden, weil sie mit Menschen verkehrt haben? Natürlich gibt es Geister. Aber es ist ihnen verboten mit Menschen zu kommunizieren. Ich bin kein Geist."

„Nephilim? Nannte man so nicht die Kinder, die von diesen Geistwesen mit menschlichen Frauen gezeugt wurden?"

„Wenn du es nicht weißt, wie soll ich es wissen?"

„Wenn du kein Geist bist, was bist du dann?"

„Denk nach. Es ist so einfach. Die Wahrheit liegt in dir."

„Was machst Du da?"

Monika. Sie hatte wieder irgendwo in einer dunklen Ecke auf mich gewartet.

„Was redest du da für ein Zeug?"

„Ich dachte, ich hätte Stimmen gehört. Ich dachte, da hätte sich jemand an einem Auto zu schaffen gemacht. Ist aber wohl nicht so. Wahrscheinlich eine Katze..."

„... und die ist ein Geist und heißt Nephilim, ja? Du hast doch einen an der Waffel, Mann."

Sie wendete sich ab und lief verärgert weg.

Ich drehte mich wieder zu Klara, aber auch sie war verschwunden.

Ich war enttäuscht, dass sich Klara wie in Luft aufgelöst hatte und ärgerte mich über Monika.

Ich konnte diesen komischen Auftritt nicht erklären, was sollte ich ihr morgen beim Frühstück sagen? Ich ging zurück in das Restaurant und holte mir noch eine Flasche Wein und ein Glas. Damit ging ich auf mein Zimmer.

Ich stellte den Wein und das Glas auf einem Nachtkästchen ab, legte mein Handy und das Portemonnaie auf den Schreibtisch, entledigte mich meiner Schuhe und zog meinen Pullover aus, goss den Weißwein ein, nahm eine großen Schluck (Weißwein trinke ich immer viel zu schnell, als ob ich einen starken Durst stillen möchte, wie ein Anfänger), knipste das kleine Licht an und ließ mich aufs Bett fallen.

Sie war kein Traum. Sie war auch kein Geist. Aber wer oder was war sie? „Es ist so einfach," hatte sie gesagt. „Die Wahrheit liegt in dir." Ich dachte nach, trank den Wein, und merkte, wie mir der Alkohol half, langsam aber stetig in eine bestimmte Richtung zu denken.

Dann vernahm ich ein amüsiertes leises Lachen. Und Klaras Stimme: „Du schaust süß aus, wenn du nachdenkst."

Ich wunderte mich darüber, dass ich nicht erschrak, vielmehr war beim Erkennen ihrer Stimme sofort Freude in mir aufgekommen. Und ich dachte belustigt: Wie kann man mit sechzig noch süß ausschauen? All das schoss mir in einem Nu in den Sinn, noch bevor meine Blicke sie suchen konnten.

Sie saß in dem schwarzen Ledersessel. Weiße Haut, schwarze Haare, krassrote Lippen, sonst nichts. Die Beine hatte sie übereinandergeschlagen, die Arme ruhten auf den breiten Lehnen. Sie lächelte süffisant, jetzt wohl mehr über meine begehrlichen Blicke. Klara war nur einige Jahre jünger als ich, aber sie hatte einen perfekten Körper, den Körper einer reifen Frau, einen erfahrenen Körper. Einen Körper, den man ohne ihr Einverständnis nicht anzutasten wagte.

Ich stand auf und ging einen Schritt auf sie zu. Auch sie stand auf, selbstbewusst, nackt, immer noch burschikos lächelnd.

Ich sagte: „Ich begehre dich."
Sie griff nach meinen Händen und legte sie auf ihre Brüste.

„Du kannst mich haben, aber erst, wenn du dich mir rückhaltlos hingegeben hast. Dann werde auch ich mich dir hingeben. Dann werden wir ein Fleisch sein. Aber du musst dich mir rückhaltlos hingeben. Hast du mich verstanden?"

Sie nahm meine Hände von ihrem Busen, sah mich an, legte dann ihre rechte Hand an meine Wange und küsste mich auf den Mund, zuerst ganz zärtlich, dann intensiv und leidenschaftlich. Sie nahm meine Unterlippe zwischen ihre Lippen, sog daran. Dann spürte ich ihre Zunge, die fordernd in mich eindrang. Als sie merkte, wie stark mich dies erregte, so sehr, dass ich sie anfassen wollte, trat sie einen Schritt zurück.

„Hast du mich verstanden?"
„Wer bist du?"
„Du weißt es doch schon."
„Wer bist du?"
„Ich bin du."

***

Am nächsten Morgen fuhr ich wieder zurück nach Hause. Es schauerte teilweise kräftig, die Kaltfront. Monika hatte frei, ich brauchte mich also nicht zu rechtfertigen. Und wenn schon, ich hätte ihr einfach die Wahrheit gesagt. Die

Wahrheit klang so schräg, dass sie mir ohnehin nicht geglaubt hätte, schon deswegen nicht, weil sie es nicht hätte glauben wollen.

Wie ich nach Hause gekommen bin, weiß ich nicht mehr. Normalerweise dauert die Fahrt zwei Stunden. Die Zeit verflog im Nu. Ein Schutzengel muss für mich gefahren sein oder die anderen haben auf mich aufgepasst. Ich musste an Klara denken, natürlich. Und ich musste darüber nachdenken, ob ich in ihre Welt eintauchen wollte, für immer. Ich konnte mir ein neues Leben auswählen, weg von der Realität der Gegenwart, hinein in eine neue Welt, eine Welt, die sich nur Menschen vorstellen können, die dabei sind, den Sinn für diese Welt zu verlieren. Oder sollte ich an dieser Stelle ehrlicherweise sagen: streiche Sinn, setze Verstand?

Klara war mein Alter Ego. Der Mensch, der ich innerlich bin, der Geistesmensch in mir, mein zweites Ich. Warum gerade in der Form von Klara? Ich weiß es nicht, eine Laune meiner Gedanken vielleicht. Gespaltene Persönlichkeit, sollte ein Arzt später sagen.

Jetzt kam sie auch wieder zu mir. Zuerst unregelmäßig, dann fast jeden Abend. Sie setzte sich in eine Ecke des Wohnzimmers und wir redeten. Das war so schön. Dabei hatte sie immer dieses wunderbare rote Kleid an, ihre Lippen bemalt, nackte Arme, prickelnde Anmut. Für mich dennoch unerreichbar. „Du musst dich rückhaltlos hingeben."

Die erste, die bei mir eine Veränderung bemerkte, war natürlich Theresa. „Was starrst du immer so vor dich hin. Wenn ich mit dir rede verfällst du immer in diesen „faraway look". Seit du aus deinem Dorf zurück bist, hast du dich verändert." „Ich denke über das nach, was du mir gerade gesagt hast." „Unsinn. Du bist ganz woanders. Du träumst vor dich hin. Ich will gar nicht wissen wovon du träumst."
Natürlich wollte sie dann doch wissen, was mit mir los war und lud sich zu mir ein, brachte Steak und Salat, beim Wein vertraute sie mir. Nach dem Essen machten wir eine zweite Flasche Primitivo di Manduria auf, den Roten, den ich damals am liebsten trank, und setzten uns ins Wohnzimmer. Ich erzählte ihr alles, sie würde mir glauben. Und natürlich verstand sie sofort.
„Ist sie jetzt auch da?"

„Ja," sagte ich wahrheitsgemäß. „Sie sitzt schon die ganze Zeit im Wohnzimmer und beobachtet uns." Ich musste dabei schmunzeln, weil Klara dies auch tat.

„Klara ist eine Halluzination." Theresa war vorbereitet. „Sie ist nichts anderes als das Produkt deiner Tabletten. Wieviel nimmst du davon?"

„Drei am Tag," log ich. Ich hätte nur eine nehmen sollen, aber weil ich mich von meinen Zitteranfällen zuverlässig befreien wollte und weil mir diese Tabletten gut halfen, nahm ich fünf, an manchen Tagen, wenn es wichtig war, Sitzungen, Vorträge, schon auch mal mehr, okay, ich nahm regelmäßig mehr. Die Tabletten gaben mir Sicherheit. Dies über die letzten 5 Jahre.

„Hör sofort auf damit. Du wirst schizophren."

„Ich brauch das Zeug, sonst schüttelt es mich den ganzen Tag durch. So kann ich nicht mehr arbeiten. Ich will auch nicht meinen teuren Wein verschütten."

„Geh´ zum Arzt. Der soll dir was anderes verschreiben oder fang an zu zittern. Allemal besser, als den Verstand zu verlieren."

Sie verstand nicht, wie wichtig mir Klara geworden war. Für einen kurzen Moment wurde ich aggressiv, es war, als würden Funken in meinem Gehirn schlagen. Aber ich beherrschte mich, und ich glaube, sie hat mir meinen momentanen Zorn nicht angemerkt.

„Wenn du nicht mit diesen Tabletten aufhörst, liefern die dich ein. Verstehst du denn das nicht?" Einliefern? Wozu sollte das denn gut sein? Man konnte mir Klara doch überhaupt nicht wegnehmen. Sie war doch ein Teil von mir. Ich zeigte mich uneinsichtig. Darüber wurde Theresa höchst erregt, wir stritten uns, eine Unmöglichkeit bislang in unserer Beziehung.

„Du gehst zum Arzt! Gleich am Montag! Versprich es mir!" Ich versprach es ihr.

Ich habe mein Versprechen nicht gehalten. Mein Gott, es ging mir doch schon lange nicht mehr um die Behandlung meiner Krankheit, sondern um die Möglichkeiten, die sie mir bot. Ich hatte an eine Tür geklopft, sie zu öffnen und einzutreten lag nun an mir. Warum zögerte ich eigentlich noch? Ich musste mich entscheiden, ob ich ein Pflegefall werden wollte, unfähig mir selbst zu helfen oder ob ich in eine neue Welt eintreten wollte. Ich musste mich entscheiden, ob ich als einsamer alter Datterich dahinvegetieren wollte, das Sprachzentrum mit Psychopharmaka weggeschossen, Restmüll, den man möglichst schnell entsorgen sollte oder ob ich bei Klara sein wollte. Was mir in dieser Welt blieb, war eine chronische Krankheit, gnadenlose Hilflosigkeit, Siechtum. Was ich haben konnte war ein Leben voller Genugtuung und Leidenschaft. Letztendlich war es eine einfache Entscheidung gewesen.

* * *

Klara saß wieder in meinem Wohnzimmer, in einem Sessel, damit ich mich nicht neben sie setzen konnte. Rotes Kleid, erotischer Lippenstift, schwarzes Haar. Stolz saß sie da, aufrecht, aufreizend, fast arrogant. In ihren Blicken glaubte ich ein wenig Spott, aber auch ein wenig Sehnsucht zu erkennen.

Wir tauschten unsere Gedanken aus. Und wie schön war das Gespräch mit ihr wieder. Ich musste mich nicht viel erklären, sie fühlte ja wie ich. Ob sie sich noch an dies und das, an den und die erinnere? Aber natürlich. Und wie sie dies damals und heute beurteile, was wir hätten anders machen können? Wir redeten und redeten und lachten. Dann trat eine Pause ein.

Wir schwiegen. Sie lächelte süffisant. Wir schauten uns an, lange schauten wir uns an, dann begann ihr Gesicht zu strahlen. Erriet sie meine Gedanken? Natürlich. Ich musste nicht viel sagen.

„Ich begehre dich."
„Ich begehre dich auch."
„Ich will dich. Jetzt."
„Du hast verstanden?"
„Ja."
„Bist du dir sicher?"
„Ja."

Sie stand auf. Dabei rutschte ihr Kleid von ihren Schultern auf den Boden hinab. Zum zweiten Mal stand sie vollkommen nackt vor mir. Vollkommenheit. Ich erhob mich. Sie kam auf mich zu, entkleidete mich. Als wir uns umarmten und ich ihre Haut auf meiner Haut spürte, war dies der glückseligste Moment in meinem ganzen Leben. Wir liebten uns, langsam, ganz bewusst, so wie ich noch nie geliebt habe, noch nie geliebt worden bin. Ich hatte die richtige Entscheidung getroffen. Ich hatte mich ihr rückhaltlos hingegeben. Nun war ich in der Welt Klaras angekommen. Einbahnstraße.

***

Zurzeit befinde ich mich in einer Privatklinik. Ich bin ein sehr beliebter Gast. Ich schreie nicht, ich tobe nicht, man muss mich nicht fixieren, es geht ganz ohne Zwangsjacke und Gummizelle. Ich bin gefügig. Ich nehme nur noch das Maxipenzol. Ich habe ihnen gesagt, dass ich glaube, diese roten Tabletten helfen mir am besten. Und sie glauben mir, sie haben sogar die Dosis erhöht. Narren. Manchmal höre ich, wie die Schwestern sagen: „Ach, jetzt hat er wieder seinen traumverlorenen Bick. Jetzt ist er wieder in seine eigene Welt eingetaucht." Sie wissen nicht, dass ich mich dann mit Klara unterhalte. Wir sind glücklich. Am schönsten ist es, wenn sie sich nachts zu mir legt, wenn ich ihre Haut auf meiner Haut spüren kann, wenn wir beginnen uns zärtlich zu lieben. Einmal, an einem Frühsommertag lehrte sie mich fliegen. Wir hatten gerade den Mittagsschlaf beendet und uns nach dem Aufwachen geliebt. Dann nahm sie meine Hand. „Als Belohnung," flüsterte sie und wir hoben beide ab, schwebten über dem Bett. Es war das gleiche erregende Gefühl, das man erfährt, wenn man mit einem Heißluftballon vom Boden abhebt und die ersten Meter steigt. Dann flogen wir über die Stadt, nicht sehr hoch, so dass wir alles beobachten konnten. Es war wunderschön.

Die Ärzte geben sich alle Mühe. Sie möchten wissen, wie es in meinem Kopf ausschaut, was in meinem Kopf vorgeht. Sie haben mich gebeten, eine Art Tagebuch zu schreiben, wann immer ich Zeit und Muße dazu habe, man würde dann besser in meine Psyche eindringen können, vielleicht könne man mich auf diese Weise heilen. Aber bitte, warum denn nicht, wenn sie es so gerne wollen, ich habe geschrieben, hier, lesen Sie. Aber bitte, hören Sie auf mir helfen zu wollen.

Es geht mir doch so gut in Klaras Welt.

2 Brauch´ deine Liebe nicht

Es war fast wie in diesem Lied von Peter Maffay. Er war 16, sie aber war 33. Ob es Sommer war, hat er mir gegenüber allerdings nie erwähnt. Mit 16 wurde Nick zum Mann. Verführt von seiner Englischlehrerin, 33. Das Fräulein hatte seinem schlanken, knusprigen Körper nicht widerstehen können und musste sich unvermeidlich an ihm versündigen. Ihre Sünde beichtete sie einer älteren Kollegin, 48, Latein und Mathe, worauf diese sich dem Bürschlein näherte, und den Knaben ihrerseits etwas genauer betrachtete. Sie verstand ihre junge Kollegin auf Anblick und verfiel ebenfalls in die Unschuld und die Schönheit des jungen Kerls. Sie hielt es mit Horaz und ging sogleich in medias res, denn das Leben würde ihr, davon war sie überzeugt, so eine Möglichkeit kein zweites Mal mehr bieten. Was kann es Schöneres für einen Jüngling geben, als von einer erfahrenen Frau auf den Wegen der Liebe unterwiesen zu werden.

***

Als er, Anfang zwanzig, nach München zog, um zu studieren, war er ein stattlicher junger Mann.

Groß und schlank, nicht muskulös, nicht im Studio gezüchtet, einfach nur groß und schlank, natürlich, herausragend, auffällig. Seine schwarzen Haare trug er fast schulterlang, nichts Weibisches, mehr der Indianer. Frauen schwärmten von seinen wulstigen Kusslippen.

Hinzu kam seine außerordentlich charmante Art. Er war geistreich, witzig, liebenswürdig. Und weil er in einem kleinen Städtchen an der Grenze zu Österreich aufgewachsen war, beherrschte er den österreichischen Dialekt mit all seinem Schmäh. Darauf fielen sie rein, alle. Kurzum, er war eine Schau und in Schwabing fand er genau das Publikum, für das er wie gemacht war.

Der außenstehende Betrachter würde sagen, er führte ein ausschweifendes Lotterleben, was der Sache aber nicht gerecht wird. Tatsächlich nahm er weder Drogen, er rauchte nicht einmal (Wer küsst schon gerne Nikotin?), noch konnte er finanziell große Sprünge machen, denn die Unterstützung von zu Hause war zwar großzügig, aber keineswegs dergestalt, dass er sich viel leisten konnte. Er führte halt ein intensives Liebesleben, das wiederum durchaus als ausschweifend bezeichnet werden konnte. Dabei ging die Initiative meist noch nicht einmal von ihm aus. Wenn er einen Club (damals sagte man noch „Disco"), eine Kneipe, was auch immer, betrat, begannen die Mädchen zu tuscheln, und es schien ein Wettbewerb unter ihnen zu entstehen, wer von ihnen diesen Posterboy mit nach Hause nehmen würde. Er stand praktisch inmitten einer bunten Blumenwiese und brauchte sich nicht einmal zu bücken, um das Blümelein seiner Wahl zu pflücken, sie wuchsen ihm entgegen: „A gmahte Wiesn", wie man bei uns sagt.

Oft handelte es sich bei seinen Beziehungen um One-Night-Stands. „Brauch deine Liebe nicht," um es mit Grönemeyer trefflich zu beschreiben. Andere seiner Bekanntschaften, meist Kommilitoninnen, die er zwangsweise regelmäßig traf, klammerten, versuchten mit allen Mittel an seiner Seite zu bleiben, auch mit viel Tränen und Hysterie, doch zu einer dauerhaften Partnerschaft war er nicht fähig. „Brauch deine Liebe nicht, auch wenn dein Herz zerbricht." Das Prickelnde, das, was ihn süchtig machte, lag im Neuen. Das anfängliche Spiel, die Kriegführung, der Kampf, die Schlacht und das Opfer, das die Besiegte erbringen musste, das war es, was er brauchte. War die Schlacht geschlagen und der Sieg errungen, ging sein Feldzug weiter. Es gab kaum eine Beziehung, die viel länger als einen Monat gehalten hätte, war die Neue auch noch so interessant. Während dieser Zeit aber war er der charmante Sonnyboy mit dem gepflegten Körper und den guten Manieren, der zuvorkommende Mann, der witzige Partner und nichts deutete darauf hin, dass diese Beziehung jemals enden könnte. Mit der nächsten Versuchung tat sie es, abrupt, aus heiterem Himmel. Der Bruch verursachte ihm selber kein Herzeleid, er hatte doch schon Ersatz, eine neue Gespielin, wie er sich auszudrücken pflegte. Was sollte also das Jammern und das Gezeter der Verflossenen? Es gab so viele Frauen und auch so viele Männer, man konnte sich doch nach Belieben bedienen. „Brauch deine Liebe nicht."

***

Am Ende seines letztlich erfolgreichen Studiums traf er bei einer der zahlreichen Abschlussfeiern Tanja. Sie war eine äußerst liebenswerte Person, hübsch, freundlich, unaufdringlich, bescheiden. Mit einem gefestigten Weltbild ausgestattet, war sie sehr selbstbewusst, eine sehr bestimmte und zielstrebige Person. Sie hatte mit ihrem Studium erst jüngst begonnen, konzentrierte sich auf ihre Arbeit, nix hully-gully. Deswegen nahm sie Nick zwar zur Kenntnis, interessierte sich aber nicht für ihn. Tanja unterschied sich durch ihre unaufdringliche Art von vielen anderen Mädchen in der Szene. Wegen ihrer ruhigen Art empfand der Schönling Tanja als verwunschenes Mauerblümchen. Das konnte sehr reizend sein, jedoch auch sehr langweilig und unangenehm, denn Mauerblümchen können nicht loslassen. Tanjas Ignoranz ihm gegenüber begann ihn schließlich zu ärgern. Er bemerkte, dass er immer häufiger an sie dachte. Dann stellte er fest, dass er in das Mädchen verliebt war, zum ersten Mal verliebt, richtig verliebt. Hilfe! Er suchte ihre Nähe und es gelang ihm, sich in ihren näheren Bekanntenkreis einzuschleichen. Er verhielt sich sehr korrekt, machte sie nicht an, wollte zunächst nur von ihr beachtet werden. Er konnte auch ernsthaft, schließlich war er im Studium Jahre voraus. Irgendwann fragte sie ein Kommilitone, ob sie das Mädchen sei, in das dieser Nick verliebt wäre. Der Mann war ja nicht mehr wiederzuerkennen! Er spräche nur noch von ihr. Das schmeichelte Tanja sehr. Und wahrscheinlich war es an diesem Tag, als auch sie begann sich in Nick zu verlieben.

Auch wenn sie noch eine unerfahrene junge Frau war, so wusste sie doch, wie sie ihre Karten ausspielen musste. Sie behielt die Kontrolle über ihre Gefühle, verkürzte die Distanz zu Nick nur allmählich. Aber irgendwann standen beide eng umschlungen vor dem Haus, in dem er wohnte und küssten sich. Sie konnte überraschend gut küssen. Er wollte, dass sie mit zu im hochkomme, er begehre sie schon sehr lange. Doch sie sagte: Nein. Ruhig und bestimmt. Sie blickte ihn an und lies nicht zu, dass er wegschaute. Sie erklärte ihm, dass sie noch mit keinem Mann geschlafen habe. Sie wolle auf den Menschen warten, der es wert ist. Ob er es ist, dass wisse sie noch nicht. „Brauch´ niemand, der mich benutzt, wann er will, der nur seine Eitelkeit an mir stillt.“

Das war ein starkes Stück. Sie verabschiedeten sich auf der Straße und Tanja hatte Angst, dass sie zu weit gegangen war, dass sie ihn verlieren würde. Ihre Gefühle liefen plötzlich Amok. Doch bei ihm stellte sich keine Verärgerung über ihre Abfuhr ein. Vielmehr ärgerte er sich über seinen früheren Lebenswandel, seinen lockeren Umgang mit Frauen, den schlechten Ruf, den er sich erworben hatte, von dem wohl auch Tanja wusste. Die Zuneigung der beiden zueinander wuchs.

Ein Mann liebt eine Frau, die Frau liebt den Mann. Im schlimmsten Fall heiraten beide.

So war es auch bei Tanja und Nick. Für alle eine große Freude. Die Eltern der beiden verstanden sich ganz besonders gut. Die Freunde der beiden sorgten für beste Laune bei der Hochzeitsfeier. Der Ehemann hatte einen guten Job in der Innenstadt gefunden und eine große Wohnung in der südlichen Peripherie. Wenn man sich alles prüfend besah, musste man zu dem Schluss kommen, dass alles sehr gut war. Und tatsächlich, beide führten eine überaus glückliche Beziehung. Sie lachten sehr viel miteinander, er war ja so geistreich. Sie liebten sich viel, er war ja ein so einfühlsamer Lehrer. Es klappte im Bett aber schon alleine deswegen so gut, weil es im täglichen Leben so gut klappte.

In der Nachbarschaft sprach man über die Verliebtheit der beiden, strahlte vor Freude, wenn man das freundliche Pärchen begrüßte, und auch ihre Freunde, die sie näher kannten, beneideten ihr Eheglück. Und das Glück war beiderseits. Nick war so sehr in seine Tanja verliebt, dass ihn andere Frauen nicht mehr zu interessieren schienen. Er hatte zwar keine Abwechslung mehr, war nur noch auf seine junge Frau fixiert, doch Tanja entwickelte sich zu einer so aufregenden Partnerin, dass er sich nach keiner anderen Gespielin sehnte.

Das hielt zwei Jahre lang.

Dann kam Tanja viel früher als geplant vom Shoppen aus der City zurück. Eine Freundin hatte kurzfristig abgesagt, Kaffeetrinken fiel aus. Als sie die Tür zum Wohnzimmer öffnete, sah sie ein Mädchen aus der Nachbarschaft über das Fenster gelehnt, Jeans und Slip heruntergezogen, ihr Mann eng dahinter, Jeans und Unterhose ebenfalls auf Halbmast. Tanja erstarrte. Nick erstarrte. Als er sich zu seiner Frau umdrehte, glitt sein Penis aus dem Geschlecht des Mädchens. Er gab ein lächerliches Bild ab, verwandelte sich in einem Nu von einem Hengst in einen Erpel. Entsetzen und Verzweiflung stand in beiden Gesichtern, während das Mädchen, unverändert aus dem Fenster gebeugt, nur noch hoffte, die Situation möge sich bitte irgendwie schnell auflösen.

Tanja drehte sich um und verlies ihren Mann. „Brauch´ deine Liebe nicht, auch wenn das Herz auseinanderbricht, brauch niemand dessen Eitelkeit mich quält."

***

Beide wechselten nie mehr ein Wort miteinander. Während der Scheidung sahen sie sich einmal, ließen aber ihre Anwälte reden. Jahre später trafen sie sich zufällig ein zweites Mal in einem Kaufhaus. Sie stand an einem Tisch mit Herrenpullover, neben ihr ein Mann und ein kleiner Junge. Als sie seine sehnsüchtigen Blicke spürte, zu ihm schaute und ihn erkannte, erschrak sie. Für einen Moment hielt sie inne, dann drehte sie sich von ihm weg, so wie sich ein Mensch wegdreht, wenn es ihm übel ist und er sich erbrechen muss. Er war der erste Mann in ihrem Leben gewesen. Das blieb die Wahrheit, unveränderlich, aber dieser Wahrheit wollte sie nie mehr ins Gesicht sehen.

***

Nick hatte sich in der Zwischenzeit mehr den vermögenden Damen gewidmet, reichen Witwen, geschiedenen Frauen mit Kindern, Geschäftsfrauen auf Dienstreise, leichte Beute. Er ließ sich auch gerne aushalten, verlängertes Wellness-Wochenende, Kurzurlaube.

Dann wurde er krank. Schwer krank, wie es hieß. Wir, also seine Kollegen, begannen jedoch Witze über ihn zu reißen, wann immer eine Krankschreibung einging. Die aktuelle Gespielin von Nick war eine geschiedene Ärztin mit drei Kindern, so hatte man gehört. Eine Ärztin konnte natürlich leicht eine chronische Krankheit diagnostizieren und ihn von seiner Arbeit befreien. Wahrscheinlich hat er jetzt ein Büro in ihrer Praxis und macht gerade ihre Buchhaltung, so spotteten wir. Wir meinten es nicht böse, er war immer ein netter Kerl gewesen, nie link, immer freundlich. Tatsächlich beneideten wir ihn um seinen Erfolg bei den Frauen, wenn er uns auch nie von seinen Affären irgendwelche Details erzählte hatte.

Doch jetzt täuschten wir uns. Nick war wirklich ernstlich erkrankt. Auch war er nicht mehr mit der Ärztin zusammen. Um die Wahrheit zu sagen, sie hatte sich von ihm getrennt, denn ein todkranker, pflegebedürftiger Lover passte nicht in ihre Lebensplanung. „Brauch deine Liebe nicht, auch wenn dein Herz zerbricht."

In dem Fall zerbrach Nick´s Körper. Er wurde sehr schnell von aggressiven Krebszellen zerstört.

Anfangs, an Tagen an denen er sich wohl fühlte, ging er zuweilen noch auf die Pirsch. Es gab tatsächlich einige Damen, die noch einmal mit ihrer Jugendliebe zusammen gewesen sein wollten. Andere suchten sein Bett, damit auch sie von sich behaupten konnten, ihn gehabt zu haben! Doch es war mehr die Mitleidsnummer, die er ziehen musste, um erfolgreich zu sein. Auch musste er sorgfältig darauf achten, dass er seine Tabletten aus Schlafzimmer und Bad verräumte, bevor er Damenbesuch empfing. Krebsmittel auf einem Nachttisch, welch Partycrasher!

Seine Amouren wurden mehr und mehr zu einer Farce, sie drohten peinlich zu werden. Zum Narren wollte er sich nicht machen. In dem Maße in dem seine Kräfte schwanden, verging ihm die Lust an der Leidenschaft.

Auch die Freunde, die er in den letzten Jahren gehabt hatte, hatte er verloren, es waren überwiegend Freunde Tanjas gewesen, sogar seine Eltern hatten wegen des Bruchs mit Tanja Abstand von ihm genommen. Die Junggesellen in seinem Bekanntenkreis mieden seine Gesellschaft schon lange, da sie mit seiner

Eloquenz, seinem saloppen Auftreten nicht mithalten konnten. Und bei den verheirateten Kollegen hatten längst die Ehemänner dafür gesorgt, dass der Verführer nicht mehr zu nahekam, denn natürlich flirtete Nick auch ungezügelt mit verheirateten Frauen, auch wenn es die Frauen seiner Kumpels gewesen waren: „Ich weiß, dass sich dein Leben in einem goldenen Käfig abspielt. Aber ist das auf Dauer nicht etwas langweilig? Hast du nicht wieder einmal Lust auf ein Abenteuer? Auf jemanden der kommt und der die Tür zu deinem Käfig aufmacht? Wenn es dir zu aufregend wird, kannst du ja schnell wieder in deine heile Welt flüchten. Ich würde das gut verstehen."

Es gab nicht wenige Frauen, die er damit in Versuchung brachte. Die Männer mochten nicht, dass sie von ihren Ehefrauen ständig mit Nick verglichen wurden, sie klammerten ihn aus. So wurde aus Nick zunächst ein Einzelkämpfer, dann ein einsamer Mann.

Es dauerte nicht sehr lange bis Nick in einem Bett im Hospiz landete, das letzte fremde Bett in dem er schlief. Ich habe ihn besucht, mehrmals, war ja ein Kollege und fast ein Freund. Er grübelte viel nach, zumindest an den Tagen, an denen sein Verstand klar war. Er fragte mich, wie es wohl weitergehe, ob es ein Jenseits gäbe, ein Weiterleben nach dem Tod? Er habe sich nichts vorzuwerfen, alle haben sie gewusst, woran sie bei ihm waren. Er wollte ihre Liebe nicht.

Liebe? Ein Gefühl auf Zeit. „Zwei Jahre kannst Du mit einer Frau Spaß haben, dann geht alles in Alltagsroutine über. Irgendwann ist man sich überdrüssig." Liebe schafft Leid, Sex bringt Vergnügen. Die Leidenschaft war es, die ihn immer und immer wieder packte, die Verführung, die erste Berührung, die Besitzergreifung, das Verhalten der Partnerin, der Weg zum Höhepunkt, Ekstase. Um dies immer und immer wieder zu erleben, bedurfte es immer und immer wieder neuer Gespielinnen. „Gespielinnen, sage ich, keine vergängliche Mauerblümchenliebe." Sein Gott war der Sex.

Nur einmal in seinem Leben war seine Philosophie ins Wanken geraten. Einmal hatte er das Gefühl der Liebe verspürt. Einmal hatte er sich tatsächlich an einem Menschen versündigt. Versündigt? Nein. Einem Menschen kann man weh tun, sündigen kann man nur gegen Gott. Aber was sollte das für ein Gott sein, der Böse ist, wenn man etwas tut, was er nicht will. Kinderquatsch. Ein Gott ist doch um so viel größer als der Mensch. Er ist doch so weit weg. „Mich berührt es doch auch nicht, wenn ein rotes Fahrrad in China umfällt," reklamierte er, „und wenn wir alle in Sünde geboren werden," wie es immer heißt, dann können wir doch gar nicht anders als zu sündigen. Und überhaupt, was war das alles für ein Unsinn mit dem Leben und der Liebe und mit Gott! Erst sind wir nicht da, dann leben wir 70, wenn es hochkommt 80 Jahre, aber vielleicht eben auch nur 1 Tag oder 15 Jahre oder wie lange auch immer, immer egal, ob wir jung oder alt sterben, irgendwann sind wir wieder weg. Was soll dieser Aufwand denn?

Es wurde zunehmend dunkel um ihn herum. An einem Novembertag, er hätte nicht sagen können, ob es am Mittag oder am späten Abend war, klopfte es an seiner Zimmertür. Die Tür ging auf, jemand betrat den Raum. Nick drehte seinen Kopf zu der Person und erkannte eine Frau, sah aber zunächst nur ihren Rock und ihre Beine. Rock und Beine. Die Frau blieb vor ihm stehen und betrachtete ihn, sagte aber kein Wort. Nick schaute nach oben, suchte ihr Gesicht, ihre Blicke trafen sich. Er kannte diese Frau nicht. Rock und

Beine. Plötzlich übermannte es ihn. Er streckte seine Hand aus, um ihr Geschlecht zu berühren. Die Frau wich nicht zurück. Sie ergriff lediglich seinen schwachen Arm und legte ihn auf das Bett zurück. „Brauch deine Liebe nicht, denn du weißt ja, du weißt nicht, was das ist."

In diesem Moment erkannte er sie. Tanja war da. Nick überfiel ein Schamgefühl, wie er es nur einmal in seinem Leben hatte ertragen müssen. Sie war da. Sie war gekommen um Abschied von ihm zu nehmen. Vergebung. Die Freude darüber erfüllte seinen schwachen Körper, er wollte sich aufrichten, danke sagen, aber es fehlte ihm die Kraft dazu. Er sank zurück in sein Kissen und atmete tief aus.

Textzitat aus „Und es war Sommer" (P. Maffey)
Textzitate aus „Du brauchst meine Liebe nicht"
(H. Grönemeyer)

3 Sie und Er

Sie war ein wohl behütetes Mädchen, gut erzogen, freundlich, höflich, brav, entsprechend folgsam und durchaus hübsch. Man beneidete ihre Eltern, weil sie überhaupt keinen Kummer und keine Sorgen mit ihrem Töchterchen hatten.

Er war ein wohl behüteter Knabe, gut erzogen, freundlich, höflich, brav, entsprechend folgsam und durchaus hübsch. Man beneidete seine Eltern, weil sie überhaupt keinen Kummer und keine Sorgen mit ihrem Söhnchen hatten.

Die Eltern der beiden Kinder waren gut befreundet, Schrebergarten, Kegelbahn, gemeinsame Urlaube. Ihre Kinder waren natürlich immer dabei, spielten im Sandkasten friedlich miteinander, und das lieber als mit anderen Kindern.

Da sie im gleichen Stadtteil lebten, sorgten die Eltern dafür, dass ihre Kinder in die gleiche Grundschule kamen, und die Kinder wiederum sorgten dafür, dass sie in der Klasse nebeneinandersaßen, all die Jahre hindurch, bis zum Abitur. Warum auch nicht? Das Verhältnis beider Familien glich dem enger Verwandter, die Kinder waren wie Brüderlein und Schwesterlein, sie mochten sich, gehörten zusammen. Wenn ihnen ihre Lehrer prophezeiten, dass sie bestimmt einmal heiraten würden, lächelten die beiden nur darüber. Als Grundschüler gaben sie sich nach Schulschluss oft die Hand und schlenderten lachend nach Hause. Auch als 16-jährige Hochschüler machten sie es noch so.

Und dann küssten sie sich das erste Mal. Sie hatte schon viel von ihren Schulfreundinnen über das Küssen gehört, er von seinen Schulfreunden. Sie war seit langem schon sehr gespannt auf ihren ersten Kuss, doch er schien kein Interesse daran zu haben. Das stimmte natürlich nicht. Er wollte auch einmal küssen, und natürlich sie, wen denn sonst? Doch er war unsicher. Was würde geschehen, wenn sie von ihm nicht geküsst werden wollte, wenn sie ihn wegstoßen, gar über ihn lachen würde?

Dann war es endlich doch so weit. Sie küssten sich. Vier Lippen waren daran beteiligt. Mehr hatte der Rest mit einem Kuss nicht zu tun. Sie pressten ihre Lippenpaare aufeinander. Und weil es das nicht gewesen sein konnte, versuchte er mit seiner Zunge in ihren Mund einzudringen, genauso wie er es von seinen Freunden gehört hatte. Sie erschrak, ließ ein kurzes Stöhnen vernehmen, was er als lustvoll und daher falsch interpretierte. Sie brach den Kuss, was auch immer, ab, umarmte ihn, und lief dann, ohne ihn anzusehen davon, nach Hause. Nun wusste sie also, was es mit einem Kuss auf sich hatte. Was ihr blieb, war ein bisschen von seiner Spucke auf ihren Lippen und eine gewisse Ernüchterung, keine Lust auf mehr. Er dagegen hatte während des Kusses eine zunehmend starke Erregung verspürt und konnte ihr Davonlaufen nur so verstehen, dass auch sie eine starke Erregung verspürt hatte, dergestalt, dass sie vor ihren eigenen Gefühlen Angst bekommen hatte und ihn deswegen hatte stehen lassen.

Auch in den nächsten Monaten küssten sie sich immer wieder einmal, nicht in der Öffentlichkeit, das wollte sie gar nicht und auch nicht leidenschaftlich, das wollte sie schon überhaupt nicht: Spucke!

Wenn auch einige Monate vergingen, so kam es schließlich doch zum ersten Mal. Alle machten es, warum sollten sie es denn nicht auch tun. Und es war für beide ein Erlebnis, klar. Beide sehr bemüht und willig, manchmal mussten sie sogar lachen, obwohl ihnen nicht zum Lachen war; zum Schluss waren sie froh, dass es vorbei war. Für sie war es so, als wären sie zum ersten Mal auf Schlittschuhen gestanden. Zuerst stützten sie sich gegenseitig, dann stürzten sie, lachten dabei verlegen, standen auf, versuchten es erneut. Bis Schweißperlen bemüht, aber der große Spaß war es nicht. Am Schluss versprach er, dass beim nächsten Mal alles besser werden würde, Übung mache den Meister. Sie war sich jedoch nicht sicher, ob sie noch einmal „zum Schlittschuhlaufen" mitkommen würde. Angst schwanger zu werden hatte sie nicht, sie hatte vorgesorgt, Temperatur gemessen. Aber bei dem engen Körperkontakt mit ihm, hatte sie festgestellt, dass ein Mann roch, dass es roch und dass es später auch wieder aus ihrem Körper herausgeflossen kam. Papppfui!

Nach dem Schulabschluss bewarben sich dann beide bei der Stadtverwaltung, wurden angenommen, ausgebildet und arbeiteten schließlich im gleichen Haus, wenn auch nicht im gleichen Büro. Sie fuhren gemeinsam zur Arbeit, auch wenn er zwei Trambahnstationen später einstieg, sie aßen gemeinsam in der Kantine und fuhren gemeinsam wieder nach Hause. Da konnte man dann auch gleich heiraten, und es wurde eine nette Hochzeit, zweierlei Braten, zweierlei Knödel, Musik vom Band, Tanz. Es ging ihnen gut. Doppelverdiener. Staatsdienst. Sie erwarben, unterstützt von beiden Eltern, ein kleines Häuschen in einem Vorort.

Sie wusste, wie küssen ging und sie wusste, wie Sex ging, wenn sie auch beides so gut es ging vermied. Nun wollte sie auch wissen, wie Kinderkriegen geht, schließlich war sie eine Frau. Sie berechnete ihre Tage so, dass sie schnellstmöglich, also möglichst ohne viel Sex, schwanger werden würde und hatte Erfolg. Die Schwangerschaft war schön, sie genoss es im Mittelpunkt zu stehen, die Geburt war schmerzhaft, das Kind aber gesund und ein zweites Kind wollte sie ohnehin nicht.

Fortan arbeitete sie nur noch halbtags und war eine liebevolle, aufopfernde Mutter. Sie liebte es, mit ihrem Baby den ganzen Tag alleine zu sein, was störte, war er, wenn er zu Hause war und um Aufmerksamkeit buhlte. Letztendlich ergab sich aber ein schönes Gesamtpaket: Junge Familie mit einem Kind, finanziell unabhängig, weil mittlerweile abbezahltes Eigenheim. So stellt sich der Bürger das Glück vor. Hinzu kam ein Hund, den sie sich für ihn gewünscht hatte.

Das Verhältnis zwischen ihr und ihm kühlte sich ab. Wenig Zärtlichkeit, noch weniger Sex, denn Zärtlichkeit führte immer dorthin, wo sie nicht hinwollte. Mitleidsnummern manchmal, denn, dass er es brauchte, machte er ihr durchaus deutlich, und ihr Verstand hörte seine Worte, ihr Körper verstand sie aber nicht.
Dann hatte sie eine zündende Idee. Sex unter der Dusche! Das würde ihm gefallen und für sie war es eine saubere Sache. Es sollte ihr niemand vorwerfen können, sie würde nicht alles für ihre Ehe tun. Indes, aus der angedachten heißen Nummer wurde ein Desaster. Die Duschkabine war zu eng, das Wasser zu heiß, die Luft zu feucht. Ihm wurde unwohl, sein Blutdruck fiel, seine Erregung auch. Die Mitleidsnummer wurde zur Lachnummer. Schnitt.

In einem schlauen Buch hatte er einmal gelesen, dass sich ein Paar, das sich im täglichen Leben gut versteht, auch im Bett gut verstehen würde. Diese Aussage hatte ihn beeindruckt und er hatte viel darüber nachgedacht, kam aber zu dem Schluss, dass diese Theorie nicht stimmt. Das wäre ja dann wie eine Gleichung, aus der sich im Umkehrschluss ergeben würde, wer sich im Bett gut versteht, versteht sich auch im täglichen Leben. Nein, so funktionierte weder die Liebe, noch der Sex.

Er vertraute sich einem seiner wenigen Freunde an. „Sie wird dich verlieren, wenn das so weitergeht," prophezeite er. Und weiter meinte er: „Lieber alleine glücklich, als zu zweit unglücklich. Es gibt so viele Menschen, die geschieden glücklicher wären." Und dann fügte er noch lakonisch hinzu: „Andere Männer gehen ins Bordell." Aber das war nichts für ihn. Die Vorstellung, der Fünfte in einer Reihe zu sein, erfüllte ihn mit Abscheu. Ein pappiger, geiler Matsch von wildfremden Körperflüssigkeiten war auch sein Ding nicht.

So vergingen die Jahre. Ihr Kind, gut erzogen, freundlich, höflich, brav, entsprechend folgsam und durchaus hübsch, wuchs heran, erlernte einen Beruf und zog aus. Sie lebten zusammen wie zwei Geschwister die sich gut verstanden. Dann ließ sich ihre beste Freundin scheiden. Sie war es, die ihr vorschlug einen reinen Frauenurlaub zu machen. Die eine, gestresst von der Scheidung, sie gestresst von der neuen Arbeit, denn sie arbeitete jetzt wieder ganztags. Er war einverstanden. Sie buchten ein kleines Familienhotel auf Ibiza.

Am ersten Abend gingen sie nach dem Essen, Halbpension, noch eine Runde spazieren, kamen an einem Tanzlokal vorbei und setzten sich an einen freien Tisch. Sogleich zogen sie die Blicke der anderen Gäste auf sich und wurden unversehens zum Tanz aufgefordert. Schnell befanden sie sich in einer Traube von Leuten, die Spaß haben wollten. Auch sie genoss die Komplimente der Männer, doch von der Reise müde, verabschiedete sie sich irgendwann. „Ich bleibe noch ein bisschen," sagte ihre Freundin.

Weit nach Mitternacht wurde sie aus dem Schlaf gerissen. Ihre Freundin kam nach Hause und hatte einen Mann dabei. „Wir können nicht zu ihm gehen. Magst nicht mitmachen?" Sie war entsetzt, stand auf, sah im vorbeigehen wie sich beide entkleideten und verschwand auf dem Balkon. Dort saß sie wie erstarrt auf einem unbequemen Plastiksessel und musste das

Kichern und Gackern, das Quieken und Quaken der sich Liebenden anhören. Zusehen wollte sie dem Treiben nicht, konnte sich aber auch nicht davon zurückhalten, ab und zu einen Blick auf die sich Paarenden zu werfen.

Am nächsten Morgen erklärte ihre Freundin, dass sie lange keinen Mann mehr gehabt hatte und jetzt, nachdem sie geschieden war, ihre Freiheit ausnutzen wolle, zumal das Angebot hier groß und der Fang leicht war. Aber natürlich, mit aufs Zimmer würde sie keinen mehr nehmen. Entschuldigung. Fortan verbrachten die beiden ihre Urlaubstage gemeinsam, die Nächte aber getrennt.

Am nächsten Abend ging sie nach dem obligaten Abendspaziergang, und einem Absacker in einer Touristenkneipe, allein nach Hause, schnappte sich ihr Buch und eine angebrochene Flasche Rotwein, nahm beides mit auf den Balkon, setzte sich wieder auf das unbequeme Plastikteil und versuchte etwas zu lesen. Weit kam sie nicht. Ihre Gedanken waren beherrscht von denen Dingen, die sie in der letzten Nacht gehört und gesehen hatte. Gegen Elf war der Primitivo leer. Ob es im Haus jetzt noch eine Flasche zu kaufen gab? Der

Familienbetrieb schloss eigentlich nach dem Abendessen. Sie griff zum Telefon, wählte die Nummer der Rezeption, trug ihren Wunsch vor und nur Minuten später klopfte es an ihrer Tür. Subito.

Riccardo, der jüngst Sohne der Familie stand vor ihr. Ein Jüngling, keine Zwanzig, hochgewachsen, schlank, dunkelhaarig, junger Italiener aus dem Bilderbuch. Tagsüber Abitur, nachmittags Strand, abends Küche, Bedienung oder Rezeption, je nach dem. Er lachte sie an. Wohin er den bestellten Wein stellen solle? Sie hätte ihm die Flasche an der Tür aus der Hand nehmen können, sagte aber nur, dass sie auf dem Balkon säße. Dort stellt er den Wein ab. Sie setzte sich und er ging nicht. In erstaunlich gutem Deutsch fragte er sie, wie es ihr auf Ibiza gefalle und warum sie allein wäre? Dabei ließ sein frecher Blick ihre Augen nicht los. Hatte er auch schon etwas getrunken? Sie wusste nicht, wie sie seine banalen Fragen beantworten sollte und er verstand ihr Schweigen als Einverständnis. „Facciamo l´amore," hauchte er und kniete sich vor ihr nieder. Er schob ihren Rock hoch, küsste sie, arbeitete sich an ihrem Körper empor und war ihr so nah wie kein anderer Mann seit vielen Jahren.

Wie gelähmt, brachte sie kein Wort heraus, wusste nicht wie ihr geschah, wollte es nun aber durchaus wissen. Er hob sie schließlich vom Stuhl, setzte sie auf den Tisch und nahm sie. Sie merkte nicht, dass sich auf dem Körper des jungen Mannes bereits fünf Schichten verkrusteter Schweiß türmten, die sich tagsüber immer wieder neu gebildet hatten. „Che bello" damit verabschiedete er sich von ihr. Sie legte sich auf ihr Bett, starrte die Decke an, fassungslos.

Am nächsten Abend ging sie schon etwas früher nach Hause. Sofort steuerte sie auf die Rezeption zu, um ihren Schlüssel zu holen. Der junge Mann hatte Dienst. Sie lächelten sich an, wortlos übergab er ihr den Schlüssel. Würde er wirklich so unverschämt sein und sich noch einmal zu solch einer Untat hinreißen lassen? Es war erst Neun, sie versuchte in ihrem Buch zu lesen, was ihr aber nicht gelang. Sie hatte noch die Flasche Wein vom Vorabend, aber sie nippte nur daran. Es war Zehn. Er kam nicht. Kurz nach Zehn rief sie in der Rezeption an. Sie hatte ihn erwartet, nein, erhofft, doch eine Frauenstimme meldete sich. Die Mama. Sie zögerte, fragte nach einer Flasche Chianti. „Ottima scelta, signorina. Subito." Dann legte sie wieder auf und ärgerte sich über sich selbst.

Es klopfte. Sie öffnete. Da stand er. Er betrat das Zimmer, stellte die Flasche auf einen Beistelltisch und wandte sich ihr zu. Er riss ihr das Sommerkleidchen vom Leib und sah, dass sie darunter nichts anhatte. Er warf sie auf das Bett, machte Liebe mit ihr, diesmal langsamer, zärtlicher, ohne ein Wort. Dann ging er wieder. Und sie lag erneut da, starrte die Zimmerdecke an, doch diesmal strahlte sie über das ganze Gesicht und genoss was geschehen war. Der junge Mann begehrte sie, eine über 50 Jahre alte Frau. Das befriedigte sie fast noch mehr als der Sex. Danach ließ sie es jeden Tag geschehen, auch am Tag ihres Heimflugs liebten sie sich noch einmal.

Ihre Freundin hatte nichts bemerkt, zumindest machte sie keinerlei Bemerkung. Von ihr ging keine Gefahr aus, sie würde ihren Ehefrieden nicht gefährden. Als sie jedoch auf dem Rückflug über ihr Abenteuer nachdachte, stieg eine unbeschreibliche Wut in ihr auf. Sie hatte sich gebrauchen lassen. Dass sie tagelang die Liebe eines Jünglings genossen, ja sogar herbeigesehnt hatte, konnte sie nicht gelten lassen. So eine war sie nicht. Das hatte doch mit Liebe nichts zu tun gehabt. Der junge Mann hatte sich an ihr abreagiert und sie hatte es aus einer Laune heraus geschehen lassen. Dieser scheiß Sex!

Natürlich holte ihr Mann sie vom Flughafen ab. Und weil es früher Abend war, hatte er einen Tisch beim Italiener bestellt. Das war ihr nicht recht, sie hatte doch jetzt wohl oft genug beim Italiener gegessen, hätte er sich nicht etwas anderes ausdenken können? Sie brach erfolgreich einen Streit vom Zaun, so hatte sie erstmal Ruhe vor ihm.

**

Wenige Wochen später waren die Herren der Schöpfung an der Reihe. Wieder einmal. Er mit einem ledigen Freund oder sagen wir besser, mit einem glücklich geschiedenen Freund. Städteurlaub. Venedig.

Die Überfahrt mit dem Vaporetto vom Flughafen Marco Polo zum Markusplatz war schon mal beeindruckend. Was ihn aber noch mehr anmachte, war die Lebhaftigkeit der beiden Engländerinnen mittleren Alters, die auf dem

Boot auf einer Holzbank vor ihnen saßen. Er hatte sich Engländerinnen immer langweilig, fad, puritanisch und prüde vorgestellt, very British halt. So viel zu seinen vielen Vorurteilen. Beide Frauen waren bester Laune, very comunicative and outgoing, sprühten nur so vor Temperament und Lebensfreude. Die zwei Männer und die beiden Damen hatten sich schnell gefunden und als die Frauen nach gut einer dreiviertel Stunde das Boot an der Anlegestelle San Marco Giardinetti verließen, wünschten sie sich gegenseitig einen schönen Urlaub, vielleicht liefe man sich ja in der Stadt mal über den Weg, wäre schön. Die beiden Männer stiegen eine Station später aus, San Marco Vallaresso. In ihrem Hotel, in der Calle San Gallo trafen sie sich wieder. Die Engländerinnen standen an der Rezeption und freuten sich laut heraus, als sie die beiden Deutschen sahen. Er meinte, man müssen den Abend nun unbedingt zusammen verbringen, denn das Schicksal wolle dies offensichtlich so. Sie meinten, in einer Stunde.

Zuerst schlenderten sie über den Markusplatz, sahen sich die Basilika an, den Turm, dann gingen sie weiter zum Dogenpalast und gönnten sich einen Aperitif in einem der Touristenlokale an der

Promenade. Zum Abendessen suchten sie sich eine schicke Osteria in einer der verwinkelten Gassen in der Nähe ihres Hotels. 5-Sterne Menü. Delizioso. Reichlich Rotwein und vier Runden Grappa zum Schluss. Entsprechend gelöst war die Stimmung. Im Hotel angekommen fragte er, ob man in der Bar nicht noch einen „bicchiere della staffa," einen „nightcap" trinken sollte? „Yes Sir," sagten sie unisono und „Aye, aye, Sir!" Aber nicht in der Bar, sondern bei euch auf dem Zimmer. Zuerst erschrak er, denn er wusste sehr wohl, wie das enden könnte. Er redete sich ein, dass nichts passieren würde, wenn die beiden mit auf ihr Zimmer kommen würden, schon lagen sie im Bett. Und es war durchaus nicht so, dass die Herren die Damen verführten, umgekehrt, die Damen vernaschten die Herren nach allen Regeln der Kunst, waren der weitaus aktivere Teil. Das gefiel ihm. Nach der ersten Runde plünderten sie die Zimmerbar. Dann äußerten die Damen ihre weiteren Wünsche, gaben den Ton an, bestimmten was zu geschehen hatte. Die Herren waren begeistert und bemühten sich nach Kräften. Irgendwann schliefen alle erschöpft ein.

Als sie gegen Mittag aufwachten, waren ihre Gespielinnen verschwunden. Das „Bitte Nicht

Stören" Schild hatten sie noch dankenswerter Weise außen an die Türklinke gehängt.

„Ich hatte heute Nacht einen eigenartigen Traum," sagte er. „Schätze, den gleichen hatte ich auch," antwortete sein Freund grinsend, und: „Das glaubt uns kein Mensch." „Deswegen werden wir das auch keinem anderen Menschen erzählen."

Natürlich haben sie sich dann an der Rezeption nach den beiden Engländerinnen erkundigt. Und es war tatsächlich eine Nachricht für sie hinterlegt: „Machen heute einen Ausflug nach Burano. Hoffen, wieder so nette Männer wie euch beide kennenzulernen. Hat viel Spaß gemacht mit euch. Wünschen euch noch schöne Tage." Das war deutlich.

„Wir waren wohl doch nicht so gut," sagte er. „Reicht, wenn die gut waren," sagte sein Freund. Sie hätten die beiden Damen sehr gerne noch einmal getroffen, und hielten an den verbleibenden Abenden natürlich auch Ausschau nach ihnen, ebenso nach anderen. Erfolglos.

Auch er machte sich auf dem Heimflug Gedanken über dieses Abenteuer. Best sex ever! Wie ließe sich das wiederholen? Mit wem? Wo? Und er kam zu dem Schluss, dass es sich nicht wiederholen ließe. Er kannte niemanden. Allerdings erkannte er sehr selbstkritisch, dass er ein Feigling war, ein Langweiler, ein Spießer. Seinen Wohlstand würde er nicht durch ein kurzes Abenteuer gefährden.

Sie holte ihn vom Flughafen ab. Und weil es früher Abend war, hatte sie einen Tisch beim Italiener reserviert. Das war ihm nicht recht, er hatte doch jetzt wohl oft genug beim Italiener gegessen, hätte sie sich nicht etwas anderes ausdenken können? Er brach erfolgreich einen Streit vom Zaun, so hatte er erst einmal Ruhe vor ihr, was wiederum ganz in ihrem Sinne war. Allein sein Hund freute sich über seine Rückkehr.

Der Alltag kehrte schnell wieder ein. Der Beruf, das Haus, die Hobbies, Freunde. Es hätte ein schönes Leben werden können, wäre da nicht diese ungebrauchte Liebe gewesen, die ihre Beziehung wie eine chronische Krankheit belastete.

Und weil sie nicht gestorben sind, leben sie noch heute so.

4 Zwei Freunde

Sie haben beide an meinem Grab geweint.

Verstehen Sie?
Beide.
Obwohl sie sehr verbittert gegeneinander waren.
Aber als ich starb, waren sie bei meiner Beerdigung und weinten, beide.

Die Familien waren Nachbarn gewesen. Reihenhaus, Wohnung an Wohnung, fast, denn in dem Haus dazwischen wohnte ich. Der Vater von Andreas war Alkoholiker, einer der leisen Trinker, der nach der Arbeit mit seinen Kollegen in die Kneipe ging und betrunken heimkam. Auch zu Hause war er nicht laut. Er schrie nicht herum, war nicht aggressiv, schlug niemanden, legte sich wortlos in sein Bett und schlief ein, Eheleben keines. Aber das Trinken kostete Geld, so dass die Mutter von Andreas arbeiten musste, damals war das noch keine Selbstverständlichkeit. Für den Jungen blieb keine Zeit. Seine Eltern waren froh, dass er einen gleichaltrigen Freund hatte, mit dem er jeden Tag viele Stunden verbringen konnte. Beide gingen in die gleiche Klasse, konnten gemeinsam ihre Hausaufgaben machen, miteinander spielen. Wenn Andreas auch keine richtige Familie hatte, er hatte Heinz.

Als sein Vater an Krebs starb war Heinz 11 Jahre alt. Für die Familie war vorgesorgt worden, aber bald darauf erkrankte auch die Mutter schwer. Zum Glück war da noch seine erwachsene Schwester, die sich um die Mutter kümmern konnte. Aber um Heinz konnte sich niemand kümmern. Das machte nichts, er hatte ja Andreas.

Von Kindesbeinen an spielten sie miteinander. Als Kinder stritten sie, fetzten sich, wie Kinder halt so sind. Doch als sie größer wurden, was lediglich heißt, dass sie noch immer erst Jugendliche waren, stritten sie nie. Und wenn es auch nicht ausgesprochen war, so wusste doch ein jeder von ihnen, dass sie sich brauchten. Und jeder auch noch so geringste Streit hätte ihre Freundschaft getrübt. Deshalb stritten sie nicht. Wenn sie unterschiedliche Ansichten hatten, wie etwas erledigt werden sollte, lachte der eine den anderen irgendwann an und sagte: „Gut, dann machen wir das halt so, wie du das denkst." Beim nächsten Mal verhielt es sich dann umgekehrt.

In der Straße, ja im ganzen Viertel, kannte man die beiden und freute sich, dass die Zwei sich gefunden hatten, denn natürlich kannte jeder ihren familiären Hintergrund. Und nicht wenige fragten sich, was aus dieser Freundschaft einmal werden sollte, dann, wenn beide das andere Geschlecht entdeckten, heiraten und eine eigene Familie gründen wollten?

Auch die Pubertät verlief problemlos. Stolz zeigten sie dem anderen wie die ersten Achsel- und Schamhaare sprossen, mehr aber war nicht.

Andreas entwickelte sich zu einem ausgesprochenen Frauentyp. Immer freundlich, immer gut aufgelegt, immer höflich, hübsch, handsam. Neben ihm bestand kein anderer Mann, bis auf den heutigen Tag nicht. Heinz war anders. Auch freundlich, auch höflich, auch lustig, aber auf eine ganz andere Art. Dass sein Freund so viel Erfolg bei Frauen hatte, machte Heinz kein bisschen eifersüchtig, viel mehr war er stolz auf Andreas und sonnte sich in seinem Schatten.

Auch als Andreas die Anja kennenlernte, war dies nichts, was ihrer Freundschaft irgendetwas hätte anhaben können. Andreas liebte seine Anja, die schöne Anja liebte ihren schönen Andreas. Heinz liebte beide, beide liebten Heinz. Es war die Liebe unter Freunden, die sich hier erfüllte, Philia, um mit Sokrates zu sprechen.

Als Andreas und Anja heirateten, holte sich Heinz einen Hund aus dem Tierheim. Davon inspiriert kaufte sich auch das junge Ehepaar einen Hund, so dass es weiterhin gemeinsame Interessen gab. Endlosen Spaziergängen folgten gemeinsame Abende, Gespräche bis tief in die Nacht. Sie sahen sich fast täglich, tauschten die Schlüssel ihrer Wohnungen aus, und wenn das junge Ehepaar einmal im Urlaub war, und er nicht dabei sein konnte, lebte Heinz quasi in deren Wohnung, aber auch umgekehrt. Ein geschlossenes System. Alles gut.

Mit den Eltern von Andreas hatte ich ein noch besseres Verhältnis als mit der Mutter von Heinz. Das lag einfach daran, dass die Mutter von Heinz eine kränkelnde und zunehmend einsame Frau war und ich mich, um der Wahrheit die Ehre zu geben, als alleinstehender Mann, nicht so sehr engagieren wollte. Tatsächlich, und ich glaube es war auf Anraten seiner Mutter, hatte sich Andreas in den letzten Jahren einige Male an mich gewandt, wenn er erste wichtige Entscheidungen in seinem Leben treffen musste. Meistens ging es um das Berufsleben. Alles was er von seinem Vater zu hören bekam, war: „Du bist erwachsen, mach was du willst." Ich hörte ihn an, stellte dann gezielte Fragen, nach seinen Wünschen, nach seinen Möglichkeiten, danach, wieviel Mühe es ihm wert war, den einen oder anderen Weg zu gehen und so weiter. Sie kennen das ja selber. So konnte er zu einer eigenen Entscheidung finden. Und siehe da, die Entscheidungen, die er für sich traf, erwiesen sich immer als sehr gut. Über intime Dinge aber haben wir uns nie ausgetauscht, über sein Privatleben wusste ich nichts, wollte ich nichts wissen, wieso auch? Dennoch waren wir uns irgendwie nahe und er nannte mich nicht nur bei meinem Vornamen, sondern benutzte eine Koseform.

Bei Heinz war ich der ´Nachbar´. Natürlich haben wir uns auch geduzt, das war alleine schon aufgrund unserer langjährigen, nachbarschaftlichen Verbundenheit so. Überrascht war ich, als er eines Abends vor meiner Tür stand: „Nachbar, ich muss mit dir reden."

„Was sagst du zum Andy und zur Anja?"
Ich schaute ihn fragend an.
„Weißt du das gar nicht? Aber du wohnst doch daneben, ihr redet doch miteinander."
Ich schaute ihn fragend an.
„Der Andy zieht aus. Der lässt sich von der Anja scheiden."
Nein, ich wusste nichts von einer Trennung oder gar von einer Scheidung, ich hatte auch nichts dergleichen beobachtet. Ich warte gewöhnlich ab, bis mir die Menschen von sich aus etwas erzählen, wenn nicht, dann nicht, umso vieles besser. Was gehen mich die Probleme anderer an, habe selber genug davon? Es würde mir nicht im Traum einfallen, mich mit den Sorgen anderer Leute zu beschäftigen. Perplex wie ich war, rutschte mir nur ein kurzes: „Warum?" heraus.

Heinz verfiel in einen Monolog, der meine Frage in keiner Weise beantwortete. Nein, Andy habe keine andere Frau. Nein, Anja hat keinen anderen Mann. Doch, im Bett stimmt es bei denen ganz gut, das weiß ich. Natürlich ist die Anja manchmal schwierig, aber der Andy manchmal doch auch. Wir sind doch alle manchmal schwierig. Ich hörte wirklich aufmerksam zu, unterbrach kaum, bemühte mich zu verstehen, habe es aber nicht getan. Bis heute nicht.

Er war in aufrichtiger Sorge um das Glück seiner beiden Freunde und deren siebenjährigen Sohn, wohl auch um sein eigenes Glück. Jedenfalls war er wild entschlossen für das Glück der beiden zu kämpfen, für Andreas, den er liebte und für dessen Frau, die er ebenso liebte. Der Gedanke, dass eine Scheidung auch zum Lebensglück zweier Menschen beitragen kann, kam ihm nicht. Scheidung bedeutete für ihn Absturz. Am Ende des Gesprächs, es war spät geworden, wir hatten beide viel getrunken, fragte ich ihn, ob es nicht doch besser wäre, wenn er sich aus der Sache heraushalten würde. Es war nun mal eine sehr private Angelegenheit, und wenn die beiden ihn nicht bitten würden zu vermitteln, was offensichtlich keiner von ihnen tat, dürfe er sich nicht einmischen. Er legte seinen linken Arm um meine Schulter, umklammerte mich mit seinem rechten und kam mir mit seinem Gesicht ganz nahe: „Das sind meine Freunde, denen helfe ich."

Tatsächlich zog Andreas einige Wochen später aus, zu einem Arbeitskollegen in einem anderen Stadtteil, wobei in unserer Stadt jeder andere

Stadtteil lediglich ein Spaziergang weit weg ist. Anja durfte mit ihrem gemeinsamen Sohn zunächst in der Wohnung bleiben.

Andreas suchte das Gespräch mit mir nicht, Anja sowieso nicht. Das empfand ich als sehr angenehm, weil ich nicht im Entferntesten daran dachte, mich irgendwie einzubringen. Ob sie Heinz jemals gefragt haben, ihnen zu helfen, weiß ich nicht, jedenfalls haben beide seine Bemühungen akzeptiert.

Heinz dagegen kämpfte um den Bestand dieser Ehe, zwang beide förmlich zu gemeinsamen Gesprächen, führte viele Einzelgespräche und erreichte nichts. Er telefonierte täglich mit beiden, besuchte beide so oft es ging, er wollte helfen. Einen konkreten Plan hatte er nicht, wie auch? Regelmäßig klopfte er aufgewühlt an meine Tür und berichtete.

Wenn wir zusammensaßen tranken wir gewöhnlich viel, zu viel. Alkohol öffnet das Herz und löst die Zunge, man weiß es. Zu später Stunde eskalierten seine Gefühle. „Und weißt du, was das Schlimmste ist? Der Andy spricht jetzt nicht mehr mit mir. Er beredet seine

Angelegenheiten jetzt mit dem Arbeitskollegen, bei dem er wohnt. Stell dir das vor! Mit einem Fremden, den er erst seit kurzem kennt. Der Andy, mein bester Freund, hat mich rausgeschmissen. Und er hat gesagt, dass hätte er schon viel früher tun sollen!" Dann der Zusammenbruch. Heinz weinte bitterlich.

Die Freundschaft zwischen Andreas und Heinz, dieses starke Band der Liebe, war zerschnitten. Heinz konzentrierte seine Bemühungen nun auf Anja. „Sie braucht doch jemanden, sie hat doch niemanden sonst, wie soll sie denn das alles ohne Hilfe ertragen?" Er war voller Liebe und Hingabe. Er telefonierte mit ihr weiterhin täglich, und das nicht nur einmal, er besuchte sie jetzt auch. Und ich – ich gestehe es – stand hinter dem Vorhang meines Küchenfensters und beobachtete sein Kommen und Gehen mit zunehmender Sorge.

Dann begann er Anja hinterherzufahren. Wann immer sie zu ihren Eltern nach Hessen fuhr, fuhr er ihr am Wochenende nach. Zu einem Fortbildungslehrgang in den Schwarzwald chauffierte er sie, und weil die Zugverbindung so schlecht war, holte er sie eine Woche später auch wieder ab. Einen Kurzurlaub nach Österreich begleitete er, wohnte aber in einem anderen Hotel; sagte er. Und dass das notwendig war, weil doch jemand auf Leon, den Sohn, aufpassen musste, wenn sie auf die Piste ging. Damit stieß er an die Grenze meiner Selbstbeherrschung.

Tatsächliche mischte ich mich an dieser Stelle dann doch ein. Teils, weil mir das Verhalten von Heinz nicht gefiel, teils, weil ich nun wirklich neugierig geworden war. Wenn jemand verliebt ist, und versponnene Sachen macht, ist das ganz in Ordnung, wenn er sich aber dabei zum Trottel macht, muss dem Manne geholfen werden. Zunächst suchte ich das Gespräch mit Andreas. Ja, er wird sich scheiden lassen, die Dominanz seiner Anja sei ihm zu viel geworden, träfe Entscheidungen ganz ohne ihn, wolle immer das letzte Wort haben, und natürlich, er hätte längst einmal auf den Tisch hauen sollen, aber so ein Mensch ist er nicht. Und nein, es gäbe keine andere Frau in seinem Leben. Für seinen Sohn werde er gut sorgen.

Dann erlaubte ich mir, Heinz auf dessen nun fast tägliche Besuche bei Anja, an manchen Tagen bis nach Mitternacht, anzusprechen. Seine aggressive Reaktion überraschte mich sehr. Er sprang auf, natürlich längst angetrunken, hätte mich am liebsten am Kragen gepackt und zischte mich an: „Wen – geht – das – was - an?" Ich versuchte ihm zu erklären, dass es um die Glaubwürdigkeit Anjas ginge, wenn sie, kurz nachdem ihr Mann ausgezogen ist, einen anderen, noch dazu den ehemals besten Freund empfinge. Doch das brachte ihn nur noch mehr in Rage. Heinz ist einer von denjenigen Menschen, die meinen, wenn man ihnen widerspricht, hat man sich automatisch auf die Seite der Gegenpartei gestellt. Dass ich andere Meinung war, sah er als Angriff gegen seine Person an: Wer nicht für mich ist, ist gegen mich. Er brüllte mir ins Gesicht: „Ja – was – glaubst – du - denn, - was – wir – machen?"

Ja, was glaubte ich? Tatsächlich glaubte ich damals nicht, dass beide eine intime Beziehung miteinander hatten. Ganz einfach deswegen nicht, weil Heinz ein ganz anderer Typ von Mann als Andreas war. Natürlich, beide waren seit Jahren best friends, aber die Frau, die sich in einen Mann wie den Andreas verliebt hatte, würde sich nicht in einen Mann wie den Heinz verlieben. Schon möglich, dass Anja, alleine um Andreas weh zu tun, so tat, als habe sie eine

Beziehung mit Heinz, aber wie es wirklich war, konnte man als Außenstehender nicht sagen. Heinz stritt es ab, und weil ich es nicht besser wusste, glaubte ich ihm. Im Übrigen wäre es doch auch völlig egal gewesen.

Drei Monate später erzählte Heinz, der Andreas habe nun wieder eine Neue. Er wurde wieder laut. Dabei war nicht die neue Freundin das Problem, sondern: „Er hat mich angelogen. Mein bester Freund hat mich angelogen. Mir hat er gesagt, dass er keine Andere hat."
Das war der Punkt, an dem auch ich etwas lauter wurde, denn schließlich waren zwischen der Trennung und der neuen Bekanntschaft schon viele Monate vergangen. Und warum auch hätte Andreas seinem Freund alles haarklein erzählen sollen? Es gibt bestimmte persönliche Dinge, die man nur mit sich ausmacht. Und wenn jemand meint, er sei berechtigt, zu persönliche Fragen zu stellen, dann muss man demjenigen nicht die ganze Wahrheit sagen. Selbst wenn später als Lügner ertappt, zeigt sich denn wahre Freundschaft nicht darin, dass man den Fehler eines Freundes mit Liebe zudeckt? Heinz schaute mich nur aggressiv an, kämpfte mit seiner Selbstbeherrschung, erinnerte sich vielleicht

daran, dass ich eine Generation älter war als er, drehte sich um und ging. Das war sein letzter Besuch bei mir für lange Zeit.

Er stellte sich nun rückhaltlos auf die Seite Anjas und führte gemeinsam mit ihr einen hässlichen, völlig unnötigen Rosenkrieg, dergestalt, dass man meinen konnte, es ginge um ihn. Die Geschichte endete natürlich mit der Scheidung.

Dann hörte ich, dass sich Anja und Heinz immer häufiger gemeinsam in der Öffentlichkeit zeigten, locker, vertraut. Na also, endlich, dachte ich. Bei Heinz zog sie aber nicht ein, eigene Wohnung. Wir setzten uns wieder öfters zusammen, ließen die Vergangenheit ruhen, tranken auf die Zukunft, und natürlich würde ich auch auf Leon aufpassen, wenn sie etwas vorhätten.

Andreas zog wieder in sein Reihenhaus neben mir ein, alte Nachbarschaft wieder hergestellt. Das war eine sehr komische Situation, wie ich fand. Der Einzige der Gefallen daran hatte war Leon. In einem Moment spielte er mit seinem Vater in dessen Garten Fußball, Minuten später mit Heinz auf der anderen Seite Federball, wenn er gerade mit seiner Mutter Heinz besuchte. Ich mitten drin. Hat mir nicht gefallen. Nicht nur weil sich wegen Leons ständigem Hin und Her ein Trampelpfad zwischen unseren Gärten gebildet hatte. Ich konnte mir nicht vorstellen, wie das die beiden Parteien neben mir ertragen konnten. Andy sah ständig wie sich seine Ex und sein Sohn bei Heinz wohlfühlten, und Anja musste mit ansehen, wie ihr geschiedener Mann jedes Wochenende andere Frauen mit nach Hause brachte und wilde Partys feierte. Das konnte nicht gut gehen.

Ging auch nicht gut. Der erste, der die Waffen streckte war Andy. Er veränderte sich beruflich und zog weg.

Dann die Überraschung. Hatte ich immer noch gehofft, dass die Anja mit ihrem Sohn bei Heinz einziehen würde, zog sie zu einem mir unbekannten Mann. Zu einem Witwer, 50, kinderlos, der eine Frau für sein Restleben suchte, gerne auch mit Kindern, finanziell unabhängig. Sie hatte sich immer wieder mal im Internet umgesehen, was dort so abging. Als sie fündig geworden war, ging auch sie ab. Und es scheint, als haben Mutter und Sohn es gut erwischt.

Großes Problem für Heinz. Sein Herzschmerz stand ihm ins Gesicht geschrieben. Und seine Gesichtszüge waren für lange Zeit verhärmt. Wenn er auch offiziell fand, dass nun alles wieder gut war, so bin ich mir sicher, dass die Tränen, die er heimlich vergoss einen Bach zum Überlaufen hätten bringen können. Klugerweise hat er sich dann wieder einen Hund angeschafft, der nun den Trampelpfad im Garten benutzt. Wir haben uns gut verstanden, alle drei.

Am schlimmsten hat es dann mich erwischt. Nicht genug damit, dass die neuen Nachbarn, straßenseitig links jetzt, furchtbar laut waren. Plötzlich verstarb ich, für mich völlig unerwartet, kurz nach dem Aufstehen, im Bad, Aneurysma, Scheißdreck.

**

Ich befinde mich nun in den untersten der oberen Bereiche und sehe, dass Andreas und Heinz zu meiner Beerdigung gekommen sind. Sie stehen weit voneinander entfernt. Das konnte man erwarten. Aber im Grunde war doch überhaupt nichts Böses passiert. Warum konnten sie nicht den Mantel der Liebe über die vergangenen Monate legen und wieder an ihrer Freundschaft arbeiten? Sind es nicht die Menschen, die wir lieben, die unser Leben bestimmen? Und deckt Liebe nicht eine Menge von Fehlern zu? Dass beide weinen, habe ich nicht erwartet, freut mich aber sehr. Wobei ich mir jedoch ziemlich sicher bin, dass sie nicht wegen mir weinen. Bei einer Beerdigung, wenn man sie denn ernst nimmt, reflektiert man über das Leben und darüber was wichtig ist, wichtig für das eigene Restleben. Denn was ist der Mensch? Ist er nicht wie ein Morgendunst, der mit den ersten Sonnenstrahlen verschwindet? Und dennoch ist im Leben nicht alles Nichtigkeit und ein Haschen nach Wind, wie der große Versammler behauptet. Es gibt durchaus Dinge von beständigem Wert. Es gibt Gefährten, die bereit sind, einander zu zerschlagen, aber da ist ein Freund, der anhänglicher ist als ein Bruder. Ich würde zu gerne sehen, ob die beiden nach der Beerdigung auf sich zugehen und sich die Hände schütteln, sich vielleicht sogar umarmen. Aber nun hat jemand seine Hand auf meine Schulter gelegt und zieht mich zurück. Ein weiterer Blick auf die Dinge unten ist mir verwehrt. Der undurchdringliche Vorhang, der die oberen Bereiche von dem untersten Bereich trennt, wird nun zugezogen.

5 Eine kurze Geschichte von einem langen Selbstmord

Hannelore hatte einen schönen Tod. Sie starb in den Armen ihres Mannes. Sie hatten das so abgesprochen.

Hannelore hatte eine Herzschwäche, seit vielen Jahren schon. Sie wollte nun nicht mehr leben. Hätte Heinrich, ihr Mann, nicht genau gewusst, welche Sofortmaßnahmen er bei ihren Schwächeanfällen zu ergreifen hatte und wäre der Notarzt nicht immer so schnell eingetroffen, sie wäre schon viel früher verstorben. Aber nun hatte sie in den Armen Heinrichs sterben können. „Beim nächsten Anfall rufst du keinen Arzt mehr. Versprich es mir," bat sie. Und er versprach es. So saßen sie an einem Samstagabend auf der Couch und schauten sich eine Unterhaltungssendung im Fernsehen an, als Hannelore plötzlich schwer atmete und schließlich ihren Blick zu Heinrich wandte. Sie musste nichts sagen, er wusste sofort Bescheid und er hatte es ihr ja auch versprochen. Heinrich hielt sein Wort. Er hielt immer sein Wort. Hannelore schmiegte sich an seine Schulter. Anfangs spürte er noch ihren leisen Atem. Auch ihren letzten Atemzug registrierte er. Heinrich wartete noch, bis die Sendung zu Ende war, dann stand er auf. Hannelores Körper sank langsam zur Seite, es sah so aus, als ob sie sich zum Schlafen niedergelegt hätte. Doch sie war tot. Seine Hannelore war verstorben.

Er hatte sie geheiratet, weil sie das einzige Mädchen gewesen war, das seine ultimative Preisfrage richtig hatte beantworten können. Damals, in seiner Jugendzeit, gab es einen Frauenüberschuss. Mann konnte auswählen, Frau wollte versorgt sein. War es mit einem Mädchen ernst geworden, stellte er immer dieselbe Frage: „Stell dir vor, ich liege nach einer schweren Operation im Krankenhaus. Der Arzt hat mir streng verboten etwas zu trinken, sonst müsse ich sterben. Wenn ich dich nun bitten würde, mir trotzdem ein Glas Wasser zu bringen, würdest du es tun?" Alle waren ob dieses Ansinnens natürlich entsetzt und antworteten entschieden und bestimmt: „Nein, das würde ich selbstverständlich nicht tun." Falsche Antwort. Von allen antwortete nur Hannelore richtig: "Natürlich würde ich das tun, wenn du es von mir verlangst. Eine Frau muss selbstverständlich immer das tun, was ihr Mann von ihr verlangt."

Jackpot. Preisfrage richtig beantwortet. Der Preis war er.

Heinrich hatte keine Angst vor dem Tod. Vor Siechtum, Schmerzen, sicherlich. Aber nicht vor dem Tod als solchem. Entweder es kommt danach nichts mehr, dann muss man sich um die Toten ohnehin keine Sorgen machen. Oder jemand hat eine Vorkehrung getroffen, dass es nach dem Tode irgendwie weitergeht, Seelenwanderung, unsterblicher Geist, was auch immer. Dann würde der Tote vom Tod aber selber getragen werden. Wie im Leben. Das Leben, repräsentiert durch die Gesellschaft, sorgt auch für das Leben des Individuums. Wenn man ein Neugeborenes auf offener Straße aussetzt, sorgen die Vorkehrungen, die das Leben bereitstellt, ausreichend gut für das neue Leben. Gefunden, erzogen, Bildung angedeihen lassen, Arbeitsstelle vermittelt. Das Individuum muss im Grunde gar nichts machen. Das System Leben sorgt für das Geschöpf Mensch. Warum sollte man sich also Sorgen um den nächsten Tag machen? Hatte er nicht irgendwo gelesen, dass der nächste Tag selbst genug Sorgen habe? Denn erst dann muss man sich sorgen, wenn das System, das das Leben aufrechterhält zusammenbricht. Und so ist es dann doch auch mit dem Tod. Wenn es jemanden gibt, der will, dass es nach dem Tod weitergeht, dann hat dieser jemand auch die notwendigen Vorkehrungen geschaffen, dass es weitergehen kann. Das verstand er sehr gut. Um die Toten musste man sich nicht sorgen, um die Hinterbliebenen hatte man sich zu kümmern, jetzt also um ihn. Er hatte aber niemanden, kannte keinen Menschen, der sich um ihn kümmern würde. Wie sollte es mit ihm nun weitergehen? Natürlich, das System würde ihn tragen, schon klar. Das Leben hatte auch Angebote für Witwer. Aber wollte er diese Angebote von fremden Menschen überhaupt annehmen, wenn sein eigenes Blut ihn ablehnte? Denn er hatte Kinder, vier Kinder, zwei Schwiegersöhne, keine Enkelkinder. Doch für seine Kinder war er längst gestorben. Sie würden sich um ihn nicht kümmern. Sie hassten ihn und sie hatten es ihm frei heraus ins Gesicht gesagt, nicht nur einmal. Dabei war aus allen Vieren etwas geworden.

Die beiden Jungen hatte er zum Abitur getrieben und dann auf die Universität, sie waren sein ganzer Stolz. Heute hatten beide einen gut bezahlten Job, brachten jeden Monat ein kleines

Vermögen nach Hause. Natürlich war er streng gewesen, die Jugend braucht eine harte Hand. Partys, Mädchen, unmöglich. Das ließ er nicht zu. Sie sollten sich auf ihre Arbeit konzentrieren, sich nicht ablenken lassen von schnödem Unfug. Alles hat seine Zeit, und jetzt war die Zeit zum Lernen gekommen. Was Hänschen nicht lernt, lernt Hans nimmer mehr! Und seine konsequente Erziehung hatte doch Frucht getragen. Beide schafften ein hervorragendes Abitur. Der Weg zur Uni war bereitet. Zugegeben, sie mussten sich ihre Ausbildung zum Teil selber finanzieren, Gelegenheitsjobs, dafür durften sie umsonst zu Hause wohnen, unter Beachtung der Gepflogenheiten natürlich. Abendbrot wurde zu Hause gemeinsam eingenommen. Danach wurde gelernt. Wenn sie einmal auf eigenen Füßen standen und aus dem Haus waren, konnten sie immer noch tun was sie wollten, aber solange sie noch so jung waren und ihre Füße unter seinem Tisch hatten, hatten sie zu gehorchen. Und der Erfolg hatte ihm doch recht gegeben. Zugegeben, sie waren als komische Einzelgänger verschrien, das war in der Volksschule so gewesen, auf dem Gymnasium und an der Universität auch. Na und? Widerstand in jungen Jahren ertragen zu können würde helfen eine starke Persönlichkeit zu entwickeln. Seine Söhne sollten keine verzogenen Fratzen werden, sondern starke, selbstbewusste Männer.

Für die Mädchen hatte die Grundschule gereicht. Sie würden ohnehin einmal heiraten und zu Hause ihre Kinder erziehen. Beide waren groß gewachsen, schlank, gut anzuschauen. Das merkten die Jungs sehr schnell und alle waren sie hinter seinen Töchtern her. Mit Entsetzen beobachtete er, dass seine beiden Weibsbilder daran gefallen hatten. Torheit ist an das Herz der Jugend gekettet! Sie mussten als Eltern einen Riegel vor diesen Tollereien schieben. Es hagelte einen Hausarrest nach dem anderen. Wehret den Anfängen! Aber bitte, sie ließen die Mädchen nicht auf ihrem Zimmer schmollen. Nein, nein, so waren sie nicht. Sie riefen sie zu sich ins Wohnzimmer und spielten ein paar Partien Kanaster oder Rommé mit ihnen, zum Ausgleich, während ihre Schulfreundinnen sich betranken. Und wieder gab ihm der Erfolg recht. Heute waren beide verheiratet und beide hatten sehr gute Partien gemacht. Und warum? Weil er ihnen eingebläut hatte, dass es nicht auf das Aussehen ankam oder auf dieses trügerische Gefühl der Liebe, sondern auf das Einkommen. Was kann er?

Was hat er? Wieviel verdient er? Was haben seine Eltern? Ein gutes Einkommen, das war die Grundlage für ein glückliches, beständiges Familienleben. Heute, wo jede seiner Töchter mit ihrem Mann in einem Eigenheim lebte, hätten sie ihm dankbar sein sollen. Aber da war kein zärtliches Gefühl für ihn da, sie hassten ihn.

Hatte er es übertrieben? Es war damals nun mal so üblich, dass ungehorsame Kinder auf Holzscheite knien mussten. Nochmal: Wehret den Anfängen! Sie hatten es doch selbst in der Hand. Ungehorsam führte zur Strafe, Gehorsam auf den richtigen Weg. Sie mussten ihm doch nur folgen, seine Anweisungen beachten. Dann hätte es keiner Strafe bedurft.

Und die Geschichte damals an der Autobahnraststätte, bitte, war das denn wirklich so schlimm gewesen? Sie waren mit einem alten VW-Bus auf der Autobahn nach Italien unterwegs. Den Bus hatte er sich von einem Nachbarn, der ihm noch eine Gefälligkeit schuldig war, ausgeliehen. An einer Autobahnraststätte machten sie Halt, um die von Hannelore vorbereiteten Brote zu verzehren. „Nicht rumrennen! Nicht Fangermandl spielen! Das ist gefährlich, hier fahren Autos." Das war doch eine klare Ansage gewesen, mit Begründung. Aber natürlich! Als er weiterfahren wollte, sausten die Kinder in der Gegend herum. Er rief einmal, er rief zweimal, als die Kinder nicht kamen, setzte er sich mit seiner Hannelore in das Auto und fuhr los. Langsam. Und damit die Rotzlöffel auch sahen, dass es ernst wurde, hupte er, kurz, einmal, zweimal. Dann sah er, wie seine Kinder aufschraken, begriffen was los war und zu rennen begannen. Das war der Moment, wo er auf das Gaspedal trat. Der Wagen fuhr gerade so schnell, dass die Kinder das Auto nicht erreichten. Sie schrien nach dem Papa und der Mama, angsterfüllt, panisch. Die Leute drehten sich um, einige lachten, einige schüttelten den Kopf. Kurz vor der Auffahrt zur Autobahn hielt er an, ließ seine verheulte und verschwitzte Brut einsteigen, versetze jedem von ihnen noch eine satte Ohrfeige und dann war Ruhe. Bis zum Gardasee, kein Wort. Fünf, sechs, acht und neun Jahre alt waren seine Kinder damals. Mag sein, dass das keine schöne Erfahrung für sie war. Aber Disziplin ist nun mal das Wichtigste. Ohne Selbstdisziplin kommt man im Leben zu gar nichts. Warum haben sie das nie verstanden? Heute, im Nachhinein mussten sie doch sehen, wie die konsequente Erziehung ihres Vaters zu ihrem Lebensglück beigetragen hatte. Aber sie dankten es ihm nicht. Sie lehnten ihn ab. Alle vier. Seit Hannelores Beerdigung vor einem halben Jahr hatte er nichts mehr von seiner Brut gehört, geschweige denn gesehen. Nein, keiner von ihnen würde sich um ihn kümmern, auch jetzt nicht, wo ihre Mutter gestorben war.

Als ihm das klar wurde, beschloss Heinrich zu sterben.

Er würde sich das Leben nehmen. Nicht gleich, nicht heute, aber bald. Er setzte sich hin und schrieb eine Vereinbarung. „Ich habe mich heute bei vollem Bewusstsein und nach reiflicher Überlegung entschlossen, Selbstmord zu begehen." Solche Vereinbarungen mit sich selber hatte er schon öfters getroffen. Das hatte er einmal in einem Buch über menschliches Verhalten gelesen, Kirschner. Wenn man eine Vereinbarung mit sich schriftlich fixierte und unterschrieb, würde die Wahrscheinlichkeit, seinen Vorsatz dann auch tatsächlich auszuführen, viel höher sein. So hatte er das früher auch schon einige Male gehalten und es hatte geklappt. Zum Beispiel als er das Rauchen aufgab. In seinem Abschiedsbrief schrieb er auch noch: „... beschlossen zu sterben, wenn mein

Geschirr aufgebraucht ist." Das war typisch für ihn, er liebte es, ein wenig mit dem Schicksal zu spielen. Er besaß 6 kleine Frühstücksteller, 12 große Teller, 12 Suppenteller, alles andere zählte nicht. 30 Teller. Wenn er jeden Tag 3 Teller benutzte, früh, mittags und abends, bedeutete dies mindestens noch 10 Tage Leben.

Als erstes zerbrach er einen Suppenteller. Er hatte sich eine Dose Ravioli aufgemacht. Der Teller war bekleckert mit Tomatensoße und Teigresten. Er hatte etwas zu schnell gegessen, nervöser Magen, musste aufstoßen. Das nahm er als Zeichen. Er stand auf, ging mit dem Teller in die Küche, zerschlug diesen mit einem kurzen Schlag gegen die Tischkante und beförderte die Scherben in den Müll. Das Besteck hinterher. Erledigt. Er musste schmunzeln. Ja, auf ihn war Verlass. Er freute sich. Für den Abend hatte er Aufschnitt gekauft: ein großer Teller, fachgerecht entsorgt. Er kam seiner Sache näher, es konnte spannend werden.

Auch den kleinen Frühstücksteller, verschmutzt mit Marmelade, warf er am nächsten Morgen, ohne irgendwelche Gemütsbewegungen, in den Müll. Dann verließ er seine Wohnung um in die

Stadt zu gehen. Er kaufte sich ein Billett für die alte Bimmelbahn, die er am Alten Markt bestieg und die um diese Zeit noch befreit von Touristen war. Wie oft hatte er dies mit seiner Hannelore gemacht. So eine schöne, alte Stadt, so viele Sehenswürdigkeiten. Sie waren ja erst vor 2 Jahren nach Stralsund gezogen. Und diese 2 Jahre waren im Grunde die schönsten Jahre in ihrem Eheleben gewesen. Ihr ältester Sohn, Ingenieur, hatte unverhofft angerufen. Er hatte in Stralsund gearbeitet, 5 Jahre lang, dann war sein Vertrag nicht mehr verlängert worden. Er wollte wieder in den Süden ziehen, nach Hause, zu seinen Geschwistern. Tatsächlich wohnte der Rest der Familie, die Eltern und die Kinder, in derselben Region, keine 30 Autominuten jeweils voneinander entfernt. Jetzt aber bot ihnen ihr Sohn seine Wohnung in der Hansestadt an. Eine 2-Zimmerwohnung, mit zusätzlichen 4m² Abstellkammer. „Könnte man auch ein Bett hineinstellen und ein Gästezimmer draus machen, wenn wir euch mal besuchen kommen." Was für eine Entscheidung! 800 Kilometer weg von zu Hause, aber mehr als 400 Euro weniger Miete, wo sie doch ein so geringes Einkommen hatten. „Aber lies doch," sagte Hannelore, „sie wollen uns besuchen kommen." Also zogen sie um. Besuch bekamen sie nie. Und sie erkannten, was sie längst wussten: Ihre Kinder wollten zusammen sein, alleine, ohne ihre Eltern. Sie wollten ihre Eltern weghaben, weit weg. Der Gedanke tat ihm weh. Mittags aß er in einer Metzgerei Schnitzel mit Kartoffelsalat. Er ärgerte sich, dass er seinen Bestand an Geschirr nicht reduzieren konnte. Auf dem Heimweg kaufte er sich in einem Geschäft verschiedene Fischhappen und eine Flasche Weißwein. Zum Abendessen drapierte er seine Fischauswahl auf einen großen Feiertagsteller und aß von einem großen Werktagsteller. So fand er wieder seinen inneren Frieden.

Am nächsten Tag zog er nach dem Frühstück (ein kleiner Teller) wieder los, wie ein Tourist. Marienkirche, Sankt Jakobi, St. Nikolaus Kirche. Das Mittagessen wollte er im Störtebeker Brauquartier einnehmen. Er setzte sich an einen langen Tisch, weil die kleinen alle besetzt waren. Es dauerte nicht lange, da gesellten sich fünf Damen zu ihm, die von einem Einkaufsbummel kamen. Die temperamentvollen Hausfrauen verwickelten ihn in ein Gespräch und eine kleine, etwas mollige, sehr lustige Person, Gerlinde, zeigte besonderes Interesse an ihm. Als sie erfuhr, dass er allein lebte, begann sie mit ihm schamlos zu flirten. Sie flüsterte ihm ins Ohr, dass sie gerne noch mit zu ihm gehen würde, sie hätte heute nichts mehr vor, niemand würde auf sie warten. Dabei legte sie eine Hand auf seinen Oberschenkel, und merkte, wie verlegen er wurde. Bei ihm zu Hause machte sie mit ihm Liebe und er ließ es geschehen.

Als er wieder halbwegs bei Besinnung war, dachte er über seine Situation nach. Da war eine Frau, mit der er eine neue Beziehung eingehen konnte. Eine temperamentvolle Person, die ihn aufbauen und mitreißen würde, mit der er noch einmal Spaß in sein Leben bringen konnte. Und sein Gelübde? Für einen Moment dachte er wirklich, er hätte die Lösung gefunden. Er würde ganz einfach die noch vorhandenen Teller in eine Schachtel packen, diese in den Keller stellen, auf nimmer wiedersehen, und sich ganz einfach neues Geschirr kaufen. Aber wie krank war das denn? Natürlich, Hannelores Tod löste ihre Ehe auf, er war frei sich eine neue Partnerin zu suchen. Dennoch hatte er das Gefühl, Hannelore betrogen zu haben, schließlich hatten sie über 40 Jahre zusammengelebt. Wo war seine Disziplin geblieben? Seine Ehre? Seine Loyalität zu seinem Wort?

Er stand auf, ging in die Küche und zertrümmerte einen großen Teller, quasi ersatzweise für das Mittagessen, das er in dem Braugasthof eingenommen hatte. An diesem Abend betrank er sich hemmungslos. Er lief im Wohnzimmer auf und ab. Fluchte Gott, dessen Wege er nicht verstand, und fluchte seine Kinder, die ihn nicht verstanden. Irgendwann brach er zusammen. Am nächsten Morgen dauerte es sehr lange bis er sich erheben konnte. Auf dem Weg zur Küche trat er in sein Gespei, er hatte es in der Nacht wohl nicht mehr bis zur Toilette geschafft. In der Küche dann das Desaster. Der Boden war bedeckt mit Scherben, sein gesamtes Geschirr zerschlagen. Aus.

Heinrich setzte sich auf einen Stuhl. Er wartete auf einen Weinkrampf, der jedoch nicht kam. Er machte sich einen Kaffee, den er sofort wieder erbrach. Ein Paar Tassen hatte er übriggelassen, die Untertassen dazu auch. Waren sie seine Rettung? Den Rest des Tages räumte er die Wohnung auf. Gelegentlich aß er ein paar Bissen Zwieback. Er ging früh zu Bett, am nächsten Tag war wieder alles gut. Er machte sich einen Kaffee, den er diesmal behielt, schmierte sich ein Brot, und ging an die frische Luft. Zu Mittag aß er nichts. Am späten Nachmittag erst bekam er Hunger. Er ging zu seinem Metzger, der ein Mittagsmenü anbot, solange der Vorrat reichte. Er hatte Glück. Es gab noch Gulasch. Er wollte eine Portion davon gleich an einem der Stehtische in der Metzgerei essen, doch diese waren besetzt. Dazustellen wollte er sich nicht. Also ließ er das Gulasch einpacken. Erst zu Hause merkte er, dass er keine Teller mehr hatte. Er erschrak. War er an seinem Ende angelangt? Nein. Er aß seine Mahlzeit direkt aus dem Styroporbehälter. Und was dann? Er hatte kein Geschirr mehr. Es war sein Ende. Er wurde nachdenklich. Schließlich merkte er, wie er von einem friedvollen Gefühl erfüllt wurde.

Dann schrieb er einen Brief an seinen ältesten Sohn. Er verließ kurz die Wohnung um im nächsten Supermarkt eine Flasche Korn zu kaufen, hochprozentigen Korn und eine Packung Rasierklingen, kleinste Menge. Beides packte er in eine Plastiktüte. Gelassen ging er nach Hause. Zwei Tage später fand man ihn tot in seiner Wohnung, im Wohnzimmer, auf der Couch. Sein Sohn hatte die Polizei verständigt, dass der Vater seinen Selbstmord angekündigt habe, man möge bitte nach ihm sehen. Heinrich hatte die Flasche

Korn fast ganz ausgetrunken, sich dann die Pulsader geöffnet, Schnitt quer zur Ader, und sich obendrein noch eine Plastiktüte über den Kopf gestülpt und am Hals mit einer Schnur zugezogen. Die Notärztin hatte so etwas noch nie gesehen.

6 Der einfache Soldat Larry von T.

Um 11.30 Uhr war der Termin beim Standesamt. Er würde Elizabeth heiraten, das Mädchen aus der Nachbarschaft. Um 10 Uhr klopfte seine Tante Dorothee, bei der er bislang in einem Zimmer gewohnt hatte, an seine Tür, um ihm Glück zu wünschen und um seine Post vorbei zu bringen. Mit einigen Glückwunschkarten hatte er schon gerechnet, aber nicht mit dem Luftpostbrief aus Deutschland. Nicht heute. Nicht jetzt. Gosh darn it! Ein Brief von Maria, dem deutschen Mädchen, dem er ein Kind gemacht hatte, letztes Jahr erst. Nicht heute. Nicht jetzt. Ohne den Brief zu öffnen, zerriss er ihn in kleine Stücke, warf ihn in die Kloschüssel und spülte die Papierschnipsel hinunter. Den Inhalt des Briefes kannte er ohnehin. Gesülze. Warum hast Du mich verlassen, warum lässt du nichts von dir hören, warum kümmerst du dich nicht, warum unterstützt du uns nicht? Nach den Anklagen dann die versöhnlichen Töne. Michael ist so ein hübsches Kind. Ich schicke dir ein Foto, ich liebe dich. Maria! Alle vier Wochen derselbe Scheiß. So, wie es war, war es am besten für alle. Runter damit.

Es klopfte wieder an seiner Tür. Elizabeth. „Schatz wir müssen uns beeilen, sonst kommen wir zu unserer eigenen Hochzeit zu spät. Pa und Mom warten schon unten im Wagen." „Ich komme." Mit einem großen Zug schüttete er noch schnell den Rest Whiskey aus einer angebrochenen Flasche in sich hinein, runter auch damit, aufgeräumt. Dann verließ er sein Zimmer, ging hinunter, begrüßte seine Schwiegereltern und setzte sich zu seiner Braut auf den Rücksitz. Sie nahm seine rechte Hand, legte sie auf ihren Schoß, blickte geradeaus, lächelte zart. Die rotgelockte Elizabeth war glücklich. „Bist Du nervös, mein Schatz?" „Natürlich, es ist das erste Mal, dass ich heirate." „Das hoffe ich doch," lachte sie heraus, „mit dreiundzwanzig!"

Natürlich war er nervös. Es war dieser Brief aus Deutschland, der ihn nervös gemacht hatte. Er erinnerte ihn an seine bislang größte Sünde. Das war nicht gut. Nicht heute. Natürlich wusste niemand von seinem Geheimnis, und es durfte auch nie jemand davon erfahren. Seiner Tante und seiner Verlobten hatte er gesagt, dass er sich noch mit Freunden aus Germany schrieb, sie sollten sich nicht wundern, wenn Post aus Deutschland für ihn käme. Dann aber erschrak er doch. Wenn er in einigen Wochen in Korea wäre, würden sie ihm seine Post wirklich ungeöffnet nachschicken? Oder würde es ihnen auffallen, dass sein deutscher Freund immer der gleiche Maria Schmid war? Maria, eindeutig als Mädchenname auszumachen. Gosh darn it!

Er fühlte wie seine Hände feucht und seine Stirn schweißnass wurden. Wie gerne hätte er jetzt noch einen Schluck aus der Pulle genommen, Alkohol half ihm recht gut, sich zu beruhigen. Aber heute musste er durchhalten, wie immer, wenn er mit der Familie zusammen war. Mit ihrer Familie, denn er selbst hatte keine Familie mehr, bis auf Dorothee, seine verwitwete Tante.
Am Tag seiner Geburt war sein Vater gestorben. Der Vater! Das musste man sich erst einmal geben. Seine Mutter hatte in demselben Hospital entbunden, in dem sie nur zwölf Jahre später sterben sollte. Die Nachricht von der Geburt seines Sohnes wurde dem Kindsvater, Hilliard von T., telefonisch mitgeteilt. Sein Herz war in heller Freude, vor allem darüber, dass noch so viel Kraft in seinen Lenden steckte, um einen Sohn zeugen zu können. Vor Stolz und freudiger Erregung aber zerbarst sein Herz. Er starb, noch bevor seine junge Frau das Kind nach Hause brachte.

Mit zwölf Jahren wurde er dann Vollwaise. Seine Mutter Kathleen starb an Tuberkulose. So glaubte man wenigstens, es ihm erzählen zu müssen. Als ob er nicht den wahren Grund ihres Todes gekannt hätte: She drank. Und er hatte das ganze Drama miterlebt, als Kind, das er war. Alkohol war ein Problem, dass seine Familie mütterlicherseits fest im Griff hatte und scheinbar nicht auszurotten war. Sein Großonkel hatte sich wegen seiner Alkoholsucht erhängt. Hatte jeden Job verloren, fand nichts Neues mehr, wusste nicht, wie er seine Frau und die sechs Kinder hätte ernähren sollen. Stuhl. Strick. Tod. Im Wohnzimmer. Auch Larry sprach dem Alkohol gerne zu. Da machte er sich nichts vor. Hatte so kommen müssen, unweigerlich. Seine Mutter hatte wohl schon viele Jahre vor seiner Geburt mit dem Trinken angefangen, war nicht glücklich gewesen mit ihrem Hilliard, obwohl der alte Herr gut für sie sorgte, kein Sugardaddy, ehrliche Haut, aber halt alter Herr, nicht so lustig, wie es der Name meint, eher strenger Vater als vorzeigbarer Ehemann, den hätte sie aber dringend gebraucht als unverheiratete Mutter ohne richtigen Job. Totaler Zusammenbruch, und er als stiller Beobachter immer dabei. Shit happens, hatte so kommen müssen.

Ehrlich Mann, jetzt hätte er wirklich noch einen Schluck gebraucht. Aber heute musste er unbedingt nüchtern bleiben. Er durfte seine neue Familie nicht enttäuschen. Keine Zweifel aufkommen lassen. Wenn er erst einmal fester Teil der Familie geworden wäre, ihre Geborgenheit und Liebe spüren würde, dann würde alles gut werden, natürlich. Dann würde er auch nicht mehr so oft trinken müssen. Warum denn auch? Dann wären all seine Dämonen ja besiegt. Sein Leben würde einen Sinn bekommen. Er wollte auch Kinder haben, Kinder die zu ihm aufschauten, ihren Daddy bewunderten, ihn liebten, so wie er sie lieben würde. Ja, Liebe, Liebe, diese große Macht der Liebe! Er selbst hatte ja nie jemanden gehabt, den er hätte lieben können. Es war ja nie jemand da gewesen. Aber heute war sein Glückstag. Heute begann sein neues Leben. Er im Zentrum, er der Fels in der Brandung, firm as a rock.

***

Das mit dem deutschen Mädchen kam so: Seine Leistungen in der Schule waren schlecht, durchwegs schlecht. Kein Interesse an nichts. Kein vernünftiger Abschluss, keine vernünftige Ausbildung. Gute, aber falsche Freunde, hätte wahrscheinlich sein Vater gesagt. Die Armee war die einzige Option die er hatte, einfacher Dienstgrad, Soldat, GI, stands for galvanized iron, Metallmülleimer, Verbrauchsmaterial, Kanonenfutter, ganz wie man will, egal. Für ihn war es gut. Er hatte einen Platz, fast wie in einer Familie. Man schickte seine Einheit nach Deutschland, 1952. Ihm wurde ein Bürojob zugewiesen, Poststelle. Wenige Kollegen, kleines Team, und die Kollegen, die er hatte, waren nicht von seiner Art. Also machte er sich mehr und mehr selbstständig. Wenn er abends Ausgang hatte, ging er in den Grauen Wolf, ein deutsches Gasthaus, das ihn angezogen hatte, weil seine Blicke durch die Fenster, in die beleuchtete Gaststube, nach Heim und Familie schmeckten. Er wurde schnell zum regular customer. In einer Ecke sitzend beobachtete er die Menschen, deren Sprache er kaum verstand, trank langsam, Schluck für Schluck, ein Bier nach dem anderen.

Dann sah er Maria, die neue Bedienung im Grauen Wolf. Als er sie zum ersten Mal erblickte, traf es ihn wie Donnerschlag! Sie sah aus wie seine Mutter. Schwarzes, gelocktes Haar, rundes Gesicht, helle Haut, braune Augen. Eine flinke Arbeiterin war sie, sehr beliebt bei den Gästen, weil immer freundlich, immer vergnügt und trotzdem immer auf Distanz, anfassen impossible, Respekt. Er beobachtete sie und sie spürte seine Blicke. So ging es einige Wochen. Dann, eines Abends, beim Abkassieren, fragte sie ihn plötzlich, ob er noch mit zu ihr kommen wolle, sie habe gleich Feierabend, morgen wäre Sonntag, sie müsse nicht arbeiten. Er hatte erst nicht recht verstanden was sie wollte, blickte sie an, zögerte. Aber ihr freches Lächeln brauchte nicht übersetzt zu werden. Seine Augen begannen zu leuchten, er nickte zustimmend, stand auf und ging nach draußen, um auf sie zu warten. Love on first sight? Mein Gott, er war allein, fremdes Land, unbekannte Sprache und ein deutsches Mädchen, dass ihn an seine Mutter erinnerte.

Es war schön mit ihr gewesen. Immer.
Aber dann wurde sie gleich schwanger. Herrgott nochmal, hätte sie nicht besser aufpassen können, sie musste doch ihren Körper kennen. Oder hatte sie ihn reinlegen wollen, mit nach Amerika gehen wollen, als Mrs Mary von T.? Er hatte doch nichts in Amerika, außer einem Zimmer bei seiner Tante. Warum glaubten all diese Amiflittchen, alle Amerikaner wären reich,

nur weil sie immer ein paar Dollars in der Tasche hatten, Nylonstrümpfe besorgen konnten und Kaugummi ohne Ende?

Er vertraute sich seinem Captain an und erfuhr, dass es sich bei seiner Liebschaft um eine Privatangelegenheit handeln würde, in der sich die Armee nicht einmischen wird. Er könne die deutsche Frau heiraten oder auch nicht. Er könne sich um ihr Kind kümmern oder auch nicht. Reine Privatangelegenheit. Falls gewünscht, könne man dafür sorgen, dass der Soldat Larry von T. etwas früher in die Heimat zurückkehren könne. Das beruhigte ihn.

Die Schwangerschaft verlief kompliziert. Ihre anstrengende Arbeit und ihr unregelmäßiger Dienst machten Maria schwer zu schaffen. Sie kippte beim Bedienen mehr als einmal um. Schließlich verließ sie die Garnisonsstadt und zog zu ihren Eltern aufs Land, kleines fränkisches Bauerndorf. Das war gut für ihn, er brauchte sich nicht viel um sie zu kümmern. Einmal fuhr er mit einem Jeep in die fränkischen boondocks und besuchte sie, wenig fruchtbar. Ihre Eltern sprachen seine Sprache nicht, er verstand die Eltern nicht. Maria versuchte zu übersetzen, aber weil es nicht um Eisbein mit Sauerkraut oder Liebe ging: no way. Der Vater schien Angst zu haben, dass der amerikanische Soldat seine Tochter sitzen lassen würde. Die Mutter schien mehr von der Furcht beseelt zu sein, dass er ihnen ihre einzige Tochter wegnehmen würde, nach Chicago, good bye, auf Nimmerwiedersehen. Egal. Er hatte einen Plan.

Am Samstag, den 13. Juni 1953 saß er zum letzten Mal im Grauen Wolf. Er aß zu Abend, irgendetwas mit Sauerkraut, Sauerkraut gab es hier immer. Man wartete auf die Niederkunft seiner deutschen Freundin. Nach dem dritten Bier kam der Besitzer des Gasthauses auf ihn zu, man kannte sich mittlerweile, und teilte ihm mit, das Krankenhaus habe angerufen, Maria habe einen Sohn geboren, Mutter und Kind seien wohlauf. Er war durchaus bewegt. Zahlte eine Runde Bier, wie gesagt, man kannte sich mittlerweile, zahlte eine Runde Schnaps und verließ, ganz gegen seine Gewohnheit, das Lokal recht früh und noch nüchtern. Am nächsten Tag musste er fit sein. Einen Tag nach dem Maria niedergekommen war, verlies Larry von T. die Mutter seines Kindes und seinen Sohn.

* * *

„Au, Du tust mir weh! Warum drückst Du denn meine Hand so fest?" „Entschuldige Schatz, tut mir sehr leid. Aber schau, da drüben ist das Standesamt, wir sind da." Sie wurden von ein paar Freunden empfangen, dann ging alles ganz schnell. Der Standesbeamte hielt die Zeremonie erfreulich kurz. Plötzlich war er ein verheirateter Mann. Die Hochzeitsfeier fand in der Bar seines Schwiegervaters statt. Ja, sein Schwiegervater hatte eine Bar, dort wo die Thouhy Avenue am Lake Michigan endet. Eine einfache Kneipe, klein aber sauber, dafür sorgte schon Mom. Und wenn es auch nur wenige Stammkunden gab, so machten diese doch umso mehr Umsatz, von dieser Art war die Bar. Heute waren sie alle eingeladen. Und mit jedem musste er anstoßen. Gute Vorsätze dahin. Am Abend waren die Männer alle besoffen, die meisten Frauen auch. So besoffen, dass sie nicht merkten in welch schlimmen Zustand auch er war. Aber bitte, heute war sein Hochzeitstag. Wenn nicht heute, wann dann? Elisabeth aber war abstinent. Sie hatte sich ihre Hochzeitsnacht anders vorgestellt. Drei Wochen später musste er nach Korea, wo seine neue Einheit für Freiheit und Demokratie zu sorgen hatte. Vor seinem Abschied erledigte er noch zwei Sachen: Er schwängerte seine Frau und schrieb einen Brief an Maria: Wurde nach Korea versetzt. Habe keine Anschrift mehr in Chicago. Schreiben zwecklos. Bin mir sicher, dass sich deine Eltern gut um dich und deinen Sohn kümmern. So wie es ist, ist es gut, am besten für alle. Larry.

Seinen nächsten Heimaturlaub erhielt er ein Jahr später. Da hatte ihm Elizabeth bereits einen Sohn geboren. Wäre es ein Mädchen geworden, so hätte man sie Mary genannt, doch es war ein Junge. Larry bestand darauf, dem Kind den Namen Michael zu geben, obwohl es in keinen der beiden Familien je einen Michael gegeben hatte. Seiner Frau sagte er, er wolle einen christlichen Namen, weil ihn der Herr in der Ferne so gut beschützt. Elizabeth gab schließlich nach, obwohl sie eine lange Liste mit Vornamen lieber Verwandter präsentiert hatte. Schließlich wurde das Kind auf die Namen Michael, Anselm, Carolus, Gerald von T. getauft.

Viel Freude hatte er mit dem kleinen Michael allerdings nicht. Sobald er ihn in die Hand nahm, begann der Junge zu schreien, nachts sowieso, zuverlässig penetrant. Er versuchte wirklich, seiner Frau eine Hilfe zu sein, Vaterfreuden hatte er sich jedoch ganz anders vorgestellt. Zum Glück war sein Heimaturlaub relativ kurz, sodass seine Rückkehr nach Korea eine Erlösung für ihn war.

Zwei Jahre später wurde ihm dann doch noch eine Mary geboren. Kurz darauf kehrte er aus Korea zurück. Der Einstieg in das Familienleben misslang kläglich. Er hatte erwartet, dass er nun der Mittelpunkt der Familie sein würde, der Stronghold, der die Familie führte, doch er musste feststellen, dass er nur eine Randfigur war. Im Mittelpunkt standen naturgegeben die Kinder, um die sich bei Elizabeth alles drehte. Er selbst konnte mit den kleinen Hosenscheißern nicht das geringste anfangen. Man konnte mit ihnen nicht reden, mit ihnen zu spielen gelang ihm keine zehn Minuten, außerdem waren es Mamakinder, denen er fremd war, kein Wunder. Er hatte schnell einen Job gefunden, in einer Kfz-Werkstatt, denn die Armee hatte ihn in den letzten Jahren zu einem Mechaniker ausgebildet. Doch wenn er abends nach Hause kam, fing für ihn der Stress erst an. Also blieb er immer öfters weg, schlief bei irgendeinem Buddy und ging am nächsten Morgen gleich von dort aus in die Arbeit. Die Familienverhältnisse waren zerrüttet. Elisabeth gab sich selber die Schuld, sie hätte sich mehr um ihren Mann kümmern müssen. Das war es nicht, und das wusste er. Also sagte er ihr die Wahrheit. Er wurde mit den Kindern nicht fertig, er wurde mit ihr nicht fertig, er wurde mit dem Leben nicht fertig, trank zu viel, tat niemandem gut, war ein Problem, ein Taugenichts, good for nothing. Ihm tauge es am besten, wenn er alleine war.

Als sein Sohn fünf Jahre alt war und seine Tochter drei, verlies Larry von T. seine amerikanische Familie, damals war er 29 Jahre alt. Es ist verbürgt, dass er seine Kinder nie mehr gesehen hat, obwohl er noch viele Jahre unweit von ihnen entfernt wohnte, im gleichen Stadtteil, eigentlich nur um drei Ecken. Er kam für ihren Unterhalt nicht auf, der Opa hatte Geld genug, es würde ihnen an nichts fehlen. So vergingen einige Jahre. Dann verlor er die Arbeit in der Werkstatt. Er begann in einer Bar zu arbeiten. Das hörte sich so schlecht nicht an, doch sein Job bestand hauptsächlich darin, nach Ladenschluss sauber zu machen, den Dreck wegzuräumen, das Gespei aufzuwischen. Dafür erhielt er ein paar Dollar, board and lodging, Getränke frei, good deal. Damals war er achtundvierzig Jahre alt.

***

Maria ließ ihren Sohn auf den Namen Michael taufen. So war es mit seinem Vater ausgemacht worden. Entweder Larry, wie der Kindsvater oder Michael, weil das sowohl ein deutscher als auch ein amerikanischer Name war. Gegen Larry hatte sich der Großvater des Jungen gestemmt. „Wie kannst du denn dem Buben einen amerikanischen Namen geben? Wo sind wir denn?" Das war die einzige Unstimmigkeit zwischen Maria und ihren Eltern. Sie zeigten sehr viel Verständnis und nahmen das Kind bereitwillig auf. Beide waren schon über fünfzig. Tatsächlich freuten sie sich aber sehr, dass sie in Form ihres Enkels nochmals Nachwuchs bekamen.

So wuchs Michael auf dem Land bei seinen Großeltern auf. Er war ein braves Kind, das nie Anlass zur Sorge gab. Oma und Opa passten auf, dass ihm nichts geschah. Wenn ihn seine Mama am Wochenende besuchen kam, musste er wohlauf sein. Manchmal kam sie auch mittwochabends, immer mit dem Bus. Dann freute sich der Junge den ganzen Tag, weil er sie alleine abholen durfte. Und wie traurig war er, wenn sie dann doch einmal nicht im Bus gesessen hatte.

Der Junge selbst schien die Welt aus einer gewissen Distanz zu beobachten, spielte zwar gerne mit anderen Kindern, konnte sich aber auch sehr gut mit sich selbst beschäftigen. Einer seiner Lehrer in der Volksschule erkannte den Charakter des Jungen schon sehr früh und schrieb in sein Zeugnis ganz trefflich: „Der stille und ruhige Schüler bemüht sich nach Kräften." Tatsächlich, Michael war mit wenig zufrieden. Wenn er später auf dem Gymnasium ein Fach mit Befriedigend bestand, war das für ihn sehr gut. Und auch ein Ausreichend fand er völlig in Ordnung, war das Klassenziel damit doch erreicht. Als er dann in das Berufsleben eintrat, erlebte Deutschland gerade ein Wirtschaftswunder. Die jungen Leute konnten sich ihre Jobs quasi aussuchen. Er fand gute Arbeit in einer guten Firma und war rundum zufrieden. So, wie es war, war es gut, obwohl zu dieser Zeit und kurz hintereinander, seine Großeltern verstarben. Er war ein geschätzter, weil ruhiger Kollege, immer freundlich, stets bescheiden, eher schüchtern, niemals link. Seine Leistungen waren gut. Gab es doch einmal Ärger mit den Vorgesetzten, so nahm er das sehr persönlich, fühlte sich ungerecht behandelt, überlegte gar zu kündigen, setzte sich dann aber doch auf seinen Hosenboden und schon war sein Output viel besser. Er hasste es, wenn er unter Druck gesetzt wurde, erkannte aber, dass vielmehr Potential in ihm steckte als er gewöhnlich abrief. Dennoch fühlte er sich immer am wohlsten, wenn er alleine arbeiten konnte. Vor Gruppen hatte er Angst, befürchtete immer, dem Anspruch der anderen nicht gerecht werden zu können. Das war völlig unberechtigt, denn nach wenigen Tagen in einem neuen Team, gehörte er bereits zu den Leadern. Er erreichte die Ziele, die einen Mann bewegen, wenn auch immer etwas später als andere. Egal.

Dann verstarb auch seine Mutter, unerwartet. Nun stand er alleine da. Nach langer Zeit dachte er wieder einmal an seinen Vater. Ober der wohl noch lebte?

Erst als Zehnjähriger hatte er von Maria erfahren, wer sein Vater war. Bis dahin erzählte er jedem, dass sein Vater im Krieg gefallen war, so wie es ihm aufgetragen worden war. Das ließ sich nun nicht mehr rechnen. Viel hatte Maria ihrem Sohn über dessen Vater nicht mitteilen können: „Vater amerikanischer Soldat, verließ mich einen Tag nach deiner Geburt, hat sich nie gekümmert." Sie zeigte ihm einen Fetzen Papier, auf welchem er handschriftlich bestätigt hatte, dass er der Vater ihres Kindes sei. Unter seiner Unterschrift stand seine Sozialversicherungsnummer. Dies wurde als sehr wichtig erachtet. Sie gab ihm auch Larrys letzte Adresse in Chicago: c/o Dorothee de Chambre, Clarkstreet. Auch seine Großeltern konnten ihm nichts von seinem Vater erzählen, hatten sie ihn doch nur einmal gesehen.

Michael hatte die Gabe, unumstößliche Tatsachen sofort zu akzeptieren, ohne viel zu lamentieren. Das war beim Tod seiner Großeltern so gewesen, das war auch beim Tod seiner Mutter so. Wenn etwas ist, wie es ist, dann ist es nun mal so. Akzeptieren, aufstehen, weiter machen. Sein Vater hatte sich nie um ihn gekümmert, war halt so. Sein Vater wollte nichts von seiner Familie in Deutschland wissen, war halt so. Konnte man nicht ändern. Konnte man wirklich nicht?

Irgendwann hörte er dann ein Lied im Autoradio: A boy named Sue, Johnny Cash. In dem Lied wird die Geschichte von einem Mann erzählt, der seine Freundin und seinen Sohn verlässt, dem er den Namen Susi gegeben hat. Weil der Junge dieses Namens wegen natürlich immer wieder verspottet wird, hat das Kind eine schwere Zeit. Als erwachsener Mann sucht Susi seinen Vater und stellt ihn zur Rede. Es endet mit einer Messerstecherei, der Sohn schneidet seinem Vater ein Stück vom Ohr ab und schreit ihn an: Warum hast du das getan? Warum hast du mich Susi genannt? Es war das Einzige, was ich für dich tun konnte, antwortet sein Pa. Ich hatte doch sonst nichts, was ich dir geben konnte. Ich wusste, der Spott, mit dem Du überhäuft werden würdest, würde dich stark machen. Da schauen sich beide in die Augen, der Sohn nennt ihn Vater, der Vater nennt ihn Sohn, beide fallen sich um den Hals und weinen bitterlich. Großes Kino, großes Lied.

Am nächsten Tag beginnt er mit seinen Recherchen. In Frankfurt gibt es einen Sozialdienst, der darauf geschult ist, die Väter unehelicher Nachkriegskinder zu suchen und gegebenenfalls Kontakt mit ihnen herzustellen. Er ruft an. Sie bräuchten die Social Security Number seines Vaters, sonst wird das nichts. Hatte er, stand auf dem Wisch mit seiner Unterschrift. Falsche Angabe, die Nummer ist viel zu kurz. Ob er sonst noch etwas hat? Seine letzte Anschrift, die Adresse der Tante. Okay, man wird sich an einen Verbindungsmann in Chicago wenden, zuverlässige Person, aber schwierig, kann dauern, kostet 50 Dollar.

Es ging dann doch einfach und innerhalb weniger Wochen. Er erhielt einen Brief aus Frankfurt, sehr vage gehalten, er möge bitte zurückrufen. Man habe die Adresse von einer Dorothee de Chambre gefunden, was nicht schwer war, weil es diesen Namen nur einmal in Chicago gibt, de Chambre, vom Schlafzimmer, so heißen nicht viele Menschen. (Einen von T. gab es weder in Chicago noch drum herum.) Tatsächlich lebt sie auch noch im Stadtteil Evanston, wenn auch in einer anderen Straße, zweifellos aber die richtige Zielperson. Die Frage war, wer sich ihr nun nähern sollte. Normalerweise würde das ihre Organisation machen müssen. Weil er die Dame aber leicht hätte selber finden können, wurde vorgeschlagen, dass er auch selber den Kontakt herstellt. Er solle nur im Telefonbuch von Chicago nachschlagen. Um ihm aber ein kompliziertes Suchen zu ersparen, und falls er gerade einen Stift zur Hand habe . . .
Er verspürte eine gewisse Freude: Suche erfolgreich begonnen. Auf dem Heimweg kaufte er sich bei seinem Metzger ein Rumpsteak, im Supermarkt frischen Salat, guten Wein hatte er

immer zu Hause. Er zelebrierte den Abend nahezu, bereitete den Salat zu, briet sich das Steak, legte es auf eine Scheibe Brot und genoss sein Abendessen. Die Flasche hatte er bis gegen zehn Uhr ausgetrunken. Jetzt musste es in Chicago etwa 16 Uhr sein. Naiv wie er war, ohne Plan, ohne sich Gedanken darüber zu machen, was sein Anruf bei Frau de Chambre auslösen mochte, griff er zum Hörer. Wenn er etwas in der Schule gut gekonnt hatte, war es Englisch gewesen, außerdem brauchte er diese Sprache in seinem Job.

Eine feste Frauenstimme meldete sich.
Er stellte sich höflich vor, entschuldigte sich für die Störung. Er habe ihre Adresse aus den Unterlagen seiner Mutter. Er sei auf der Suche nach Larry von T. Sie sind doch seine Tante, nicht wahr? Ob sie ihm etwas über seinen Verbleib sagen könne?
Diese Eröffnung sorgte für eine gewisse Überraschung bei Mrs de Chambre, man kann es sich vorstellen. Sie war eine kluge Person. Um etwas Zeit zu gewinnen, um ihre Fassung wieder erlangen zu können, stellte sie die Gegenfrage:
Was wollen sie von diesem Mann?
Ich bin sein Sohn.

Diese Antwort setzte die alte Dame noch mehr in Erstaunen. Sie wusste nichts von einem Sohn in Deutschland. Natürlich hatte sie davon gehört, dass es viele uneheliche Kinder amerikanischer Soldaten gab, Besatzungskinder. Wieso war er so sicher, dass Larry von T. sein Vater sei und wie es ihm und seiner Mutter denn so ergangen ist?

Es entwickelte sich ein nettes Gespräch. Nach kaum zehn Minuten wusste Mrs de Chambre über den deutschen Michael und seine Mutter alles, er wusste so gut wie nichts Neues.

Sie könne ihm über Larry leider nichts mitteilen, was er nicht schon wisse. Ja, er hatte ein Zimmer bei ihr, für sehr kurze Zeit nur, einige Monate vielleicht. Nach seiner Rückkehr aus Deutschland habe er tatsächlich noch ein paar Wochen bei ihr gewohnt, aber dann wurde er nach Korea eingezogen. Das ist schon viele Jahre her. Seitdem habe er sich nicht mehr gemeldet, der Lump. Sie gab sich Mühe, den „Lump" spaßig rüberzubringen.

Ob sie ihm denn gar nicht weiterhelfen könne? Leider nein. Sie könne nur nochmals bestätigen, dass Larry ein freundlicher, ruhiger Mensch war. Aber das wisse er ja schon alles. Im Übrigen sei es nicht immer gut, solche Nachforschungen anzustellen, sie könnten auch zu großen Enttäuschungen führen.

Nachdem das Gespräch beendet war, atmete Michael erleichtert durch. Er hatte getan, was ein Mann zu tun hatte. Mission accomplished. Leider ohne Erfolg. Aber Problem vom Tisch. Irgendwie war ihm das ganz recht so. Irgendwie dann aber auch wieder nicht.

Auch Frau de Chambre atmete nach Beendigung des Gesprächs durch, aber sie atmete schwer. Sie hatte den jungen Mann aus Deutschland angelogen. Sie wusste ganz genau, wo sich Larry von T. aufhielt, er besuchte sie ja sogar ab und zu. Nicht weil er an seiner Tante besonders interessiert gewesen wäre, schon klar, wahrscheinlich weil sie ihm immer einige Dollar zusteckte und mit Sicherheit, weil er sich über den Werdegang seiner Kinder informieren wollte. Es steckte etwas Gutes in dem Kerl. Tatsächlich aber war sie die Einzige, die mit ihm noch Kontakt hatte. Auch das wusste niemand, weder seine geschiedene Frau, noch seine Kinder. So war es ausgemacht worden. Und sie hielt sich an ihre Vereinbarungen.

Sie würde dem jungen Deutschen nichts von seinem Vater erzählen. Wozu auch? Es würde ihn nicht glücklich machen, zu erfahren, dass sein Vater ein Versager, mittlerweile ein schwerer Alkoholiker war. Sie hatte zwar seine Adresse erbeten, falls ihr noch etwas einfiele, aber das war nur aus Höflichkeit geschehen. Sie würde auch Larry nichts von dem Anruf aus Deutschland erzählen. Wozu auch? Er hätte nur einen Grund mehr noch mehr zu trinken.

Michael war schnell klar geworden, dass er sich bei dem Gespräch mit Frau de Chambre ungeschickt verhalten hatte. Irgendwann entdeckte er im Internet eine Reihe von Personensuchmaschinen und fütterte sie mit dem Familiennamen seines Vaters. Tatsächlich fand er etwa zwei Dutzend Adressen, nur zwei Dutzend Adressen, in den gesamten Vereinigten Staaten von Amerika, keine einzige davon in Chicago. Und wann immer ihm danach war, meist bei einer Flasche Rotwein, tätigte er ein Auslandsgespräch oder schrieb einen Brief. Einige Leute reagierten freundlich ablehnend, andere gar nicht.

So vergingen etliche Jahre.

Eines Abends kam er nach Hause und fand in seinem Briefkasten einen Brief aus Amerika. Auf dem Absender stand Mary Harley, Boston. Kannte er nicht, nicht geschäftlich, nicht privat. Er legte den Brief zunächst zur Seite. Dann machte er sich frisch, griff zur Zeitung, zu einem Glas Weißwein, er bevorzugte derzeit einen Pfälzer Grauburgunder, dann bereitete er sein Abendessen zu. Das war am 17. Mai 1990. Nach dem Essen ging er ins Wohnzimmer und schnappte sich den Brief aus Amerika, der ihn die ganze Zeit beschäftigt hatte, von dem er ahnte, dass er eine besondere Nachricht erhielt. Von wem auch immer. Er öffnete und las:

Dear Sir,
mein Name ist Mary Harley. Wahrscheinlich bin ich ihre Halbschwester.
Mein Bruder Michael Harley und ich haben ihre Adresse im Nachlass meiner Großtante Dorothee gefunden. Meine Tante ist vor einem Monat verstorben. In ihrem Nachlass befand sich ein Brief an uns, der Informationen über unseren Vater Larry von T. enthielt, aber auch Informationen über einen unehelichen Sohn in Deutschland. Mein Bruder und ich sind der Ansicht, dass Sie ein recht haben, mehr über unseren Vater zu erfahren. Am besten wäre es, wir würden miteinander sprechen. Wenn Sie dies wünschen, rufen Sie mich doch bitte an.
Mary Harley.

Ohne viel zu überlegen, griff er zum Telefon und wählte die Nummer seiner Halbschwester: „Hi, I´m Michael, can we talk?"

Mary war sehr aufgeregt. Wenn sie auch viel redete, so konnte sie im Grunde nichts Neues über ihren Vater erzählen, sie war einfach zu jung für irgendwelche Erinnerungen gewesen: „Ich war zwei Jahre alt, als er uns verließ. Wir kannten seine genaue Adresse nicht. Er hat sich nie um uns gekümmert, wir habe ihn bis heute nicht wiedergesehen. Einmal, ich war damals 15 Jahre alt, habe ich ihn gesucht, Mutter wusste in welchen Kneipen er sich rumtrieb. Ich bin alle Bars in seinem Viertel abgelaufen. Ich wollte ihn nur mal sehen, mit ihm reden, wahrscheinlich wollte ich ihn auch nur anschreien. Man kannte ihn in fast jeder Kneipe, in der ich nach ihm fragte. Ein Barkeeper hat mir gesagt, dass Larry normwalerweise gegen 22 Uhr eintrifft, ich soll später wiederkommen. Als es so weit war, habe ich gekniffen und bin nach Hause." Mary gab ihm noch die Adresse ihres Buders. Er erwartet deinen Anruf. Und auch das erledigte er gleich.
Mike war weniger gesprächig, ruhig, überlegt, reserviert. Ganz offensichtlich war dieses Gespräch eine lästige Pflicht für ihn, der er nur

deswegen nachkam, weil es so entschieden worden war.

Ich habe kaum Erinnerungen an unseren Vater. Er kam aus Korea zurück, und wenn ich ehrlich bin, er störte. Er war uns fremd, kein Vater, ein fremder Mann. Unsere Mutter hatte sich auf ihn gefreut, hatte uns immer wieder von ihm erzählt. Aber als er dann da war, war alles völlig anders, so real, verstehst du das? Sie hat sich so geschämt, als er uns verlassen hat. Später hat sie dann wieder geheiratet und noch zwei Söhne gekriegt. Wir haben den Menschen, seit er uns verlassen hat, nie wieder gesehen. Einmal, ein einziges Mal, hat er mir eine Glückwunschkarte geschrieben. Ich hatte das College erfolgreich abgeschlossen, keine Ahnung woher er das wusste, aber eine Karte hat er geschickt, sensationell. Weißt du was wir später gemacht haben? Wir haben unseren Familiennamen geändert, wie haben den Mädchennamen unserer Mutter angenommen, Harley. Deswegen konntest du mich auch nicht im Telefonbuch finden. Ich wohne ja immer noch in Evanston, erstaunlich für einen Amerikaner, aber hier habe ich meine Firma, läuft gut. Übrigens hat uns Dorothee auch seine Adresse hinterlassen. Du kannst sie haben, weil wir sie nicht benötigen, verstehst du, was ich damit sagen will? Wir benötigen die Adresse nicht, wir wollen mit dem Mann nichts zu tun haben! Gar nichts!

Um sich näher kennenzulernen verabredeten sie sich für September in Chicago. Man würde sich in dem Hotel treffen, in dem Michael einchecken würde, Mary würde von Boston einfliegen und bei Mikes Familie wohnen, der ohnehin vor Ort war. Michael würde bis dahin nichts unternehmen.

So kam es zu einem sehr heiteren blind date von Mary, Mike und Michael in einem Hotel direkt im Loop. Sehr entspannt, vollkommen ungezwungen, keinerlei Berührungsängste, sehr lustig, von Anfang an. Mary entpuppte sich als eine äußerst attraktive Frau, die beiden Männer verband dieselbe Art von skurrilem Humor.

Michaels Plan war, mit den beiden zusammen ihren Vater zu besuchen. Morgen oder übermorgen. Überraschung!

No, sagte Mary ruhig aber bestimmt und schüttelte dabei den Kopf. No, sagte auch Mike.

Mehr war nicht nötig. Diese Entscheidung war gut überlegt gewesen, Diskussion überflüssig. Do as you like, aber wir sind nicht dabei. Period.
Sie ließen sich an der Rezeption einen Stadtplan geben und erklärten Michael, wie er am nächsten Tag fahren müsse. Mit dem Bus zweimal umsteigen oder mit der Red Line bis Morse oder Jarvis fahren, dann ein Taxi. Nimm einfach gleich ein Taxi, so machen wir das in Amerika.

Michael wählte die deutsche Lösung, fuhr mit dem Bus die unendlich lange North Clarkstreet entlang, vorbei am Lincoln Zoo, vorbei an Wrigely Fields, stieg nur einmal um und ging den Rest zu Fuß. Es war ein sonniger Herbsttag in Chicago, Bilderbuchwetter. Er erahnte im Osten den Lake Michigan, der Seewind hatte noch nicht eingesetzt. Er genoss den Moment, er hatte Zeit. Gegen Mittag wollte er an der Tür seines Vaters klingeln, unangemeldet, und so seinen alten Herrn in dessen Wirklichkeit überraschen. Er hatte überlegt, wie er vorgehen würde. Er würde ihm sagen, dass er einen gewissen Larry von T. sucht, man habe ihm gesagt, dass der Mann in diesem Haus wohnt. Mit seinem Namen auf einem Klingelschild an der Tür, hätte sein Vater seine Identität nicht leugnen können. Alles weitere würde sich ergeben.

Kurz vor Zwölf hatte er das Haus gefunden, in einer Hauptstraße, Holzbau, nicht schlecht nicht recht. Unten eine Bar, geschlossen. Er fand den Seiteneingang. Namensschilder ja, aber der Name seines Vaters war nicht zu entdecken, allerdings schienen auch einige Wohnungen leer zu stehen. Die Haustür war offen, er ging hinein, dunkler Hausgang, Mief. Dann die Briefkästen, alt, teilweise beschädigt, kein Larry von T. zu finden. Scheiße. Er hörte Stimmen. In einer Wohnung unterhielten sich ein Mann und eine Frau. Michael überlegte nicht lange, er klingelte. Ein Mann öffnete, Anfang sechzig, unrasiert, zerzaustes Haar, ehrliches Gesicht.

„Was?"
„Hallo. Entschuldigen Sie die Störung, bitte. Ich suche Larry von T. Wohnt der hier?
„Larry?"
„Ja. Sie kennen ihn?"
Er drehte sich zu der Frau um, die sich noch in der Wohnung aufhielt.
„Ob ich Larry kenne, fragt da einer?"

Und wieder zu Michael zugewandt: „Klar. Hat hier im zweiten Stock gewohnt. Wer will das wissen?"

„Ich bin ein Verwandter."

„Oh, dann tut es mir leid."

„Wissen Sie, wo er jetzt wohnt?"

„Klar. Auf dem Friedhof St. Boniface. Er ist vor einem halben Jahr plötzlich gestorben, Schlaganfall. Am 17. Mai, war sein sechzigster Geburtstag, deswegen weiß ich das so genau. Schlaganfall. Vielleicht haben wir ein bisschen zu viel gefeiert. Schöner schneller Tod, hat er nicht gemerkt, wenn du mich fragst."

Michael hätte noch eine Menge Fragen gehabt. Aber sollte er dem Mann wirklich die ganze Familiengeschichte erzählen? Er entschied sich spontan dagegen. Es war jetzt so, wie es war und so wie es war, so war es. Er bedankte sich und verließ das Haus etwas konsterniert. Ein paar Häuser weiter fand er eine Bar, von der aus er seine Schwester anrief, sein Handy funktionierte in Amerika nicht. Mary hörte ruhig zu, sagte nur okay. Dann: „Ich werde das so weitergeben." Michael schlug vor, gemeinsam am nächsten Tag das Grab zu besuchen. „Nein. Keiner von uns will das." Kategorisch und bestimmt. „Und noch etwas, wegen Morgen. Unsere Mutter Elizabeth kommt gerne zum Essen, aber sie möchte dich jetzt doch nicht kennenlernen. Das Ganze wühlt sie zu sehr auf. Das verstehst Du doch?"

Ja, natürlich, er verstand das. Er verstand immer alles. Er hatte sich auf die Einladung gefreut, ein gemeinsames Essen mit seiner amerikanischen Familie. Er hätte dabei auch Elizabeth, die Frau seines Vaters, kennengelernt. Sollte eben nicht sein. Und dann hörte er noch einmal die Stimme seiner Schwester: „Wir wünschen dir alles Gute. Du bist ein netter Bruder." Noch bevor Michael hatte „Danke" sagen können, hatte sie aufgelegt. Done. Ist halt so.

Er fand die Bushaltestelle mit den Bussen Richtung Loop. Direkt hinter dem Fahrer war noch ein Platz am Fenster frei. Der Bus kroch durch den Verkehr. Michael beobachtete die Gegend. Dort, wo sich die N Clark Street mit der West Ainslie Street kreuzt, entdeckte er einen kleinen Park, das heißt, er dachte, es wäre ein Park, doch dann sah er ein Schild mit der Aufschrift: „Cemetery St. Boniface." „Ist das der Friedhof Sankt Bonifaz?" fuhr es spontan aus ihm heraus. Der Fahrer fühlte sich angesprochen und grunzte ein „Hm, Saint Boniface." Michael stieg an der nächsten Haltestelle aus und ging zurück. Der Friedhof St. Boniface ist ein sehr alter, schön angelegter Friedhof. Er wurde 1863 eröffnet unter der Obhut der deutschen, katholischen Gesellschaft für Waisenkinder. Michael entdeckte ein Bürogebäude und traf auf eine nette Dame, die er nach dem Grab seines Vaters fragte. „Hmmm…," begann sie, drehte sich um, tippte etwas in ihren Computer und noch bevor sie das vierte „m" ausgesprochen hatte, nannte sie ihm den gewünschten Ruheort: Lot S 7 ½. Sie deutete ihm mit der Hand, in welche Richtung er in etwa gehen müsse. „Sehen Sie den Brunnen da vorne, da wo die Arbeiter stehen? Ganz in der Nähe."

Dennoch hatte er Schwierigkeiten das Grab zu finden. Er fragte einen der Friedhofsarbeiter. „Oh, das muss ich dir zeigen." Der Mann ging mit ihm. Blieb dann stehen und deutet auf den Boden. Da waren zwei kleine Steintafeln mit den Namen der Verstorbenen in den Boden eingelassen.

„Hier, zwischen diesen beiden Tafeln. Seven and a half."

„Aber da ist nichts."

„Nein. Aber das ist es. Sieben ist Miller und acht ist Budnik. Dazwischen liegt dein Vater. Er hat keine Tafel."

„Warum nicht?"

„Kein Geld, keine Verwandtschaft."

Einfach in die Erde gelegt, ohne jeglichen Hinweis, gerade mal nicht verscharrt. Michael legte seinen Rucksack ab und setzte sich auf die Stelle, die ihm der Arbeiter angezeigt hatte. Während ihm die Herbstsonne freundlich ins Gesicht schien, wartete er auf die großen Gefühle. Vater, hier bin ich, dein Sohn. Vater, warum hast du mich verlassen? Ein blöder Krampf! Es kamen keinerlei Gefühle in ihm auf. Er fragte sich, ob seine Stiefgeschwister ihm wirklich alles über ihren Vater erzählt hatten oder ob sie ihm einige Dinge vorenthielten, warum auch immer. Er dachte an die unglaublichen Zufälle die es in dieser Familiengeschichte gegeben hatte: Bei Larrys Geburt war sein Vater gestorben, ein Tag nach Michaels Geburt hatte Larry seine Mutter Maria und ihn verlassen, er dachte an den Brief seiner Mutter Maria, den Larry gerade an seinem Hochzeitstag erreicht hatte, was aus den Unterlagen seiner Tante hervorging, und er dachte an den Brief seiner Halbschwester, den Michael exakt an dem Tag erhalten hatte, an dem Larry verstarb. Es hatte fast den Anschein, als ob da oben jemand sitzen würde, der gern ein wenig

Schabernack treibt. So saß er da, im Schneidersitz und wartete.

Es dauerte eine dreiviertel Stunde, dann kam es, das große Gefühl: Hunger. Er hatte ja noch nichts zu Mittag gegessen. Michael stand auf, verließ den Friedhof und ging zu dem McDonalds auf der anderen Straßenseite.

Erledigt.

7 Parkinson

Unweit von dem Haus in dem ich wohne, gibt es ein kleines Wäldchen, das ich zu Fuß innerhalb weniger Minuten erreichen kann, dahinter fließt die Isar. Hier spazieren zu gehen ist eine wohltuende Freude, zu jeder Tages- und Jahreszeit. So war das auch letzten Sonntagnachmittag. Die Luft war mild, frühlingshaft. Es war bewölkt, aber es drohte kein Regen. Ich hatte eine Jeans und ein langärmeliges Hemd an. Am Waldrand begegneten mir zahlreiche Menschen, Ehepaare mit Kindern und Hunden, Radfahrer. Doch je weiter ich in den Wald hinein ging, desto ruhiger wurde es. Ich fand mich schnell alleine, in meine Gedankenwelt verloren, so wie ich es liebe: ich mit mir. Ich kann nicht sagen, wie lange ich unterwegs war.

Nach einer Weile kam ich an eine Lichtung. Ich blieb stehen und merkte überrascht, dass es dunkel geworden war. Auch die Luftmasse hatte sich verändert, sie war glasklar, wolkenlos. Plötzlich fühlte ich, wie die Luft von allen Seiten auf mich zuströmte. Sie schien sich vor mir zu verdichten und umhüllte mich. Sie kroch zwischen meine Beine und Arme, ummantelte mich wie ein Kokon und machte mich bewegungsunfähig. Ich war gefangen in einem festen Panzer, durchsichtig wie Glas, fest wie Eis. Ich war von diesem Vorgang so fasziniert, dass ich überhaupt keine Angst verspürte.

Vor mir, inmitten der Lichtung erschien ein Spaziergänger. Er rief mir etwas zu: „Komm!" Ich versuchte zu erkennen, wer dieser Mann war. Er sah aus wie mein alter Freund Klaus. Aber das konnte nicht sein, denn Klaus war voriges Jahr verstorben. „Komm mit mir!" wiederholte der Mann. Ich war jedoch wie gelähmt. Ich versuchte mich zu bewegen, indem ich abwechselnd mein Gewicht zuerst auf das linke Bein, dann auf das rechte Bein verlagerte. Ich hoffte, so den Kokon der mich umgab, abschütteln zu können. Offensichtlich wurden dadurch andere Spaziergänger auf mich aufmerksam. Jemand fragte mich: „Geht es Ihnen gut?" Eine andere Stimme bat mich: „Nicht einschlafen." Ganz entfernt sagte jemand: „Papa?" Das ergab für mich alles keinen Sinn. Aber die Berührungen der Menschen um mich herum taten mir gut. Ich fühlte Wärme von meinen Beinen nach oben steigen. Es war, als würde der Luftpanzer, der mich umhüllte porös. Dann wurde mir aber schwindlig. Mein Gehirn verkrampfte sich und eine unsichtbare Kraft zog mein Denkvermögen, meinen Geist, den Menschen, der ich innerlich bin, aus meinem Kopf heraus. Mein Sein entfernte sich von meinem Körper. In diesem Moment hörte ich wieder die Stimme meines alten Freundes. „Jetzt komm!" Er gab mir die Anweisung, die Lichtung zu überqueren und solange weiter über den Gipfeln der Bäume zu schweben, bis ich auf der anderen Seite des Flusses ein Haus erkennen würde. Die Kraft meines Geistes trieb mich an und es dauerte nicht lange bis ich das Haus sah. Es sah aus wie mein Elternhaus. Gelb gestrichen, Sprossenfenster, grüne Fensterläden, die grüne Eingangstüre, Messingbeschläge, fast hundert Jahre alt.

In einem Zimmer brannte Licht. Ich klopfte. Niemand antwortete. Die alte Haustür war nicht verschlossen und ließ sich leicht öffnen. Ich betrat den Hausgang. Zu meiner Rechten stand eine Zimmertür offen. Drinnen konnte ich nur einen alten braunen Ledersessel erkennen, auf dem ein Mann unbestimmten Alters saß, durchaus gepflegt. Er schaute mich interessiert an, so als habe er mich erwartet.

„Wer sind Sie?" fragte ich zögerlich.

„Ich bin dein Vater."

„Mein Vater?"

Ich kenne meinen Vater nicht. Weder hat er mich, noch habe ich ihn jemals gesehen. Mein Vater hat meine Mutter kurz nach meiner Geburt verlassen. Das Einzige was ich von ihm habe, ist ein Foto, worauf er als junger amerikanischer Soldat abgebildet ist.

„Mein Vater lebt nicht mehr. Er ist tot."

„Du meinst, er ist vor vielen Jahren verstorben."

„Ist das nicht dasselbe?"

„Nein."

„Was ist das für ein Haus?"

„Warum fragst Du? Erkennst Du es denn nicht? Es ist dein Elternhaus. Hier bist du doch geboren und aufgewachsen, hier in diesem Haus. Mittlerweile gibt es in diesem Haus viele Wohnungen. Schau dich ruhig um, aber betritt nicht den Keller. Im Keller ist das Übel, das beständige Bedauern, das Wehklagen.

Nun stand ich wieder im Hausgang. Rechts neben mir ging eine Holztreppe steil nach oben, bernsteinfarben, einladend, am Ende des Ganges die Kellertür. Sie stand weit offen. Für mich war das Betreten des Kellers immer sehr befremdlich gewesen, ein Nasskeller, den man nicht nutzen konnte. Ich entschloss mich, das Zimmer, das sich mir gegenüber befand, zu betreten. Ich machte Licht und sah einen jungen Mann an einem Tisch sitzen, er trug eine amerikanische Fliegeruniform. Er lächelte mich freundlich an.

„Wer sind Sie?" fragte ich.

„Ich bin dein Vater," antwortete er mir und sein Lächeln überstrahlte sein ganzes Gesicht.

„Mein Vater?"

„Ich habe das Fleisch abgelegt. Ich bin jetzt Geist. Gib mir deine Hand."

Er streckte seine Hand aus und ich wollte sie ergreifen, ich wollte sie ergreifen, aber da war nichts. Sie war für mich sichtbar aber nicht fassbar.

Er behielt sein Lächeln bei.

„Siehst du? Fleisch und Blut sind nichts. Geist ist alles."

Ich wollte nicht, dass er merkte, wie beeindruckt ich war. Ich drehte mich um und verließ den Raum wieder. So stand ich erneut in dem langen Hausgang auf abgenutzten Solnhofer Fliesen. Ich horchte angestrengt, ob ich Stimmen vernehmen könnte oder irgendein anderes Geräusch. Doch weder vernahm ich Stimmen von unten noch von oben. Überall war es andächtig still. Ich entschloss mich ein paar Treppenstufen nach oben zu steigen. Der Treppenaufgang war unbeleuchtet. Mit jeder Stufe die ich nahm, wurde es etwas dunkler. Doch das Mondlicht, das in das Haus durch ein Fenster in einer Dachschrägen schien, reichte aus, um mich zu orientieren. Mit der letzten Stufe stand ich in einem Flur und sah eine Reihe von Türen, die zu verschiedenen Wohnungen führten. Ich ging auf eine dieser Türen zu, wagte aber nicht sie zu öffnen.

„Möchtest Du wissen, wie es in dieser Wohnung aussieht?" Ich hörte die freundliche Stimme der Person, die behauptete mein Vater zu sein.

Ich war unschlüssig.

„Ich könnte dir aufsperren," bot er sich an.

Ich zögerte.

„Kann ich wenigstens hineinschauen, ohne die Wohnung zu betreten?"

„Hast Du Angst hier bleiben zu müssen?"

„Nein, Angst nicht, ich will es nur nicht."

„Mach die Tür auf, sie ist nicht versperrt. Schau in das Zimmer hinein."

Ich machte die Tür weit auf und erkannte sofort mein Arbeitszimmer. Auf dem Schreibtisch stand die alte Schreibtischlampe aus poliertem Messing. Daneben das Foto meiner Kinder, mein Kalender, die schwarze lederne Schreibtischunterlage. Ein Mann saß auf dem Schreibtischstuhl. Er bemerkte mich nicht. Er drehte mir den Rücken zu, las konzentriert in einem alten Buch.

„Wer sind Sie?" fragte ich.
Der Mann hörte mich nicht, so vertieft war er.
„Bitte, wer sind Sie?"
Da drehte sich der Mann langsam um und ich blickte in mein eigenes Spiegelbild.
So geht das nun schon seit einigen Jahren. Mitten in der Nacht werde ich von Panikattacken geplagt, wache auf, schweißgebadet. Ich habe Angst, aber ich weiß nicht wovor. Den Kindern geht es gut, warum mache ich mir Sorgen? Alles ist doch in Ordnung. Ich muss keine Angst haben. Vielleicht ist es die Krankheit, vielleicht sind es die Tabletten, vielleicht ist es die vorangeschrittene Zeit, die wenigen Tage, die verbleiben.

Ich stehe auf, muss mich beruhigen, dem Zwang entfliehen, in der Realität wach werden. Um wieder Ruhe zu finden, gehe ich in mein Arbeitszimmer, setze mich hin und fange an, mein

Buch weiterzulesen. Dann bessert sich mein Zustand allmählich. Manchmal, wenn es ganz schlimm ist, greife ich auch zur alten Familienbibel und lese darin, damit der Frieden, der alles Denken übertrifft, auch mein Herz und meinen Sinn behüte.

8 Das 25-jährige Jubiläum

Sie saßen sich wieder einmal gegenüber, am weiß gedeckten Tisch, vor teurem Porzellan, vornehmen Stoffservietten und geschliffenen Weingläsern. Nobelitaliener. Ospiti regolari. Er hatte nur Blicke für sie, und seine Blicke drückten eine tief empfundene Freude aus, eine Glückseligkeit, die ihr galt. Und sie lächelte, wie sie es immer tat, freudig, fast dankbar, auch stolz. Sie genoss seine Blicke. Sie wusste, dieser Mensch liebte sie. Und sie liebte ihn. Seit 25 Jahren. Jubiläum.

Sie hatten sich in einer Amtsstube kennengelernt. Sandra war von ihrer Freundin zu einem Stehempfang eingeladen worden, altes Gebäude, alte Büroräume, knarzige Holzböden, muffiger Aktengeruch. Irgendwer war zum neuen Abteilungsleiter befördert worden und gab einen aus, normalerweise Sekt und Salzgebäck. In diesem Fall aber Champagner und Kaviar, zumindest vom Feinsten und Teuersten was der Feinkostladen um die Ecke anzubieten hatte.

„Wer ist denn der Glückliche?"

„Der dort drüben, in der Ecke. Der mit dem blauen Hemd und der blauen Krawatte. Das ist unser Jacob."

„Euer Jacob? Das hört sich aber sehr hingebungsvoll an."

„Das ist ein ganz lieber Mensch, so einen triffst du nicht alle Tage. Der ist so ausgeglichen und so freundlich, der macht einem nie Vorwürfe, wenn mal was nicht gut gelaufen ist, setzt sich einfach mit dir hin und bespricht mir dir, wie es das nächste Mal besser gehen kann. Ist jetzt zwar auch erst einen guten Monat bei uns, aber menschlich und fachlich eine echte Bereicherung. Sein Vorgänger war ein Arsch, ein furchtbarer Choleriker. Aber der Jacob ist ganz anders. Wir sind alle ein bisserl verliebt in den Jacob. Die männlichen Kollegen auch."

„Aha, pass bloß auf …"

Jenny verdrehte ihre Augen.

„Unerreichbar."

Sandra warf noch einmal einen Blick zu Jacob hinüber, konnte aber partout nichts besonders Großartiges an ihm finden. Gut, er war eine gepflegte Erscheinung, gediegen gekleidet, ein Mann um die vierzig, schätzte sie, freundliches Auftreten, sympathisches Lächeln. Sonst

Mittelmaß, mehr nicht. Nicht groß, nicht klein. Nicht dick, nicht dünn. Nicht blond, nicht schwarz. Mittelmaß. Erotische Ausstrahlung? Fehlanzeige.

Sie quatschte mit einigen Kolleginnen von Jenny, die sie mehr oder weniger gut kannte, bediente sich immer wieder an dem außergewöhnlichen Buffet, so verging die Zeit, gut zwei Stunden. Dann, als sie etwas abseitsstand, wurde sie plötzlich von jemanden gefragt:
„In welcher Abteilung arbeiten Sie denn?"
Jacob.
Sandra erschrak ein wenig und errötete etwas.
„Ich, ich arbeite hier nicht."
„Sie arbeiten hier nicht und naschen von meinem Tischchen?"
„Also ich …"
„Sie sind Frau Schuster, die Freundin von Kollegin Jenny Baumgärtel." Kein: nicht wahr? Eine Feststellung. „Ich weiß alles über Sie, Sandra."
„Also …"
In diesem Moment war Frau Sandra Schuster von der Kühnheit des Herrn Jacob deutlich überfordert. Sie entschloss sich dennoch, ihn mit einem freundlichen Lächeln zu begegnen, war nie falsch.

„Ich beobachte Sie schon den ganzen Abend."
„Was tun Sie?"
„Ich beobachte Sie schon den ganzen Abend."
„Warum?"
„Weil sie so fröhlich sind. Auf ihrem Gesicht steht immer ein fröhliches Lächeln. Und sie haben ein wunderhübsches Gesicht."
„Also …"
„Hauen Sie später bloß nicht einfach so ab. Ich würde Sie gerne persönlich verabschieden."
Er nickte ihr freundlich zu, drehte sich um und ging weg. Für einen Moment stand sie völlig perplex da, dann brach sie in ein kurzes, schallendes Gelächter aus. Aus der Menge hörte sie eine Stimme rufen: „Das habe ich gehört!"

Sie lief schnurstracks auf ihre Freundin zu.
„Was hast du dem erzählt?"
„Alles was er wissen wollte."
„Und was wollte er wissen?"
„Alles. Name, Alter, Beruf, Familienstand."
„Das glaub´ ich jetzt nicht."
„Pass bloß auf!"

Für ein kleines geselliges Beisammensein in einer Amtsstube dauerte die Party überraschend lange. Die Reihen lichteten sich spät, irgendwann wollten dann auch die beiden Freundinnen gehen. Als Jenny ihre Mäntel aus einem anderen Büro holte, stand Sandra einen Moment alleine im Flur.

„Sie wollten sich doch bei mir verabschieden."

„Sie waren im Gespräch mit einer Dame. Ich wollte nicht stören. Aber danke, es war sehr nett ..."

„Hören Sie. Ich wollte am nächsten Samstag mit einem Freund eine Bergwanderung machen. Er hat mir gerade vorhin abgesagt. Würden Sie mir die Freude machen mitzukommen? Sie gehen doch gerne in die Berge, habe ich gehört."

„Bitte?"

„Wenn Sie schon etwas anderes vorhaben, sagen Sie das doch einfach ab, ja?"

„Also...," lachte Sie über so viel Frechheit.

„Ich ruf Sie im Laufe der Woche an. Kommen Sie gut nach Hause."

***

„Il vino, per favore. Bianco come l´innocenza, rinfrescante come brezzo marina, sedutivo come Casanova. "

Der Chef des Hauses kümmerte sich persönlich um sie, wie um alle anderen Gäste natürlich auch. Hier bekam jeder, der Wein bestellte, und wenn es auch nur ein kleines Gläschen war, eine ganze Flasche auf den Tisch gestellt, vor den Augen des Gastes entkorkt. „Trinken Sie so viel sie wollen, später rechnen wir ab." Und wenn es dann wirklich nur bei einem Gläschen geblieben war, hieß es meistens: „Oh? War der Wein nicht gut? Dann müssen Sie ihn natürlich auch nicht bezahlen." Je nach Höhe der Rechnung wurde einem so manchmal eine ganze Flasche geschenkt. Dieses Restaurant hatte mehr zu bieten als „einen Grappa aufs Haus."

„Come sempre, Dottore?" fragte der Patrone.
Jacob nickte freundlich, das war die ganze Bestellung, mehr musste er nicht sagen. Sie kamen regelmäßig hierher, das heißt, etwa einmal im Vierteljahr, aber das seit mehr als zehn Jahren schon, wann immer er halt Lust darauf hatte, ob es was zu feiern gab oder nicht. Und sie genoss es. Es lief alles wie gewohnt ab. Wein, Wasser, Antipasti, der gegrillte Fisch, die zweite Flasche Wein, kein Nachtisch, jedoch ein guter Grappa. Sie blickte noch einmal amüsiert zu Jacob auf, der sie wie immer noch mit großen Augen

anstarrte und strahlte, als wäre es ihr erste Rendezvous.

Natürlich hatte Jacob sie beeindruckt. Zwei Tage später rief er auf dem Festnetz an. Ob sie es sich überlegt hätte? Gut. Sie solle sich noch ein paar saubere Klamotten mitnehmen, vielleicht reicht es noch zu einem Abendessen nach der Wanderung, er kenne da ein gemütliches, ganz einfaches Lokal in der Nähe von Oberaudorf. Er hole sie mit dem Auto ab. Nein, 7 Uhr ist nicht zu früh, auf keinen Fall.

Warum hätte sie absagen sollen? Dafür gab es überhaupt keinen Grund. Allerdings fühlte sie sich diesem Menschen unterlegen, sie musste mehr über ihn wissen. Also rief sie ihre Freundin an. Sie erzählte ihr nichts von der Bergtour, wie sie ihr auch nichts von seiner Annäherung bei der Feier erzählt hatte. Sie sprachen über dieses und jenes, viel Informationen flossen aber nicht. Er war ja auch erst seit ein paar Wochen der neue Abteilungsleiter. Jenny kannte nur seine Adresse, die sie neugierig auf einem Briefbogen gelesen hatte, eine Anschrift auf dem Land, fast in einem Kuhdorf. Mehr nicht. Aber das ließ sie sich nicht nehmen. Sie wollte sehen, wie und wo der Jacob wohnte. Und weil es abends jetzt schon früher dunkel wurde (erkannt wollte sie natürlich nicht werden), holte sie eine Straßenkarte hervor und fuhr los. Sie musste nach der Adresse fragen, verfuhr sich erneut, landete auf einem Waldweg und wäre fast umgekehrt, als sie endlich die Lichter eines Hauses sah, nein, einer Villa, eines Palastes. Was war das? Ein riesiges Eisentor, Zaun aus Steinen und Büschen, Bäumen, ein ganzer Wald um das halbe Haus herum, ein riesiger Garten, Rasen, Rasen, Rasen und irgendwo am Horizont so etwas wie ein Hotel. Das war zumindest ihr erster Eindruck. Wie viele Menschen lebten in diesem Haus? Da war wahrscheinlich Platz für alle Generationen, zurück bis Adam und Eva. Nordflügel, Ostflügel, Südflügel, Westflügel, Garagen, Swimmingpool, Tennisplatz. Sandra erschrak. Sie kehrte um, flüchtete fast. Das war nicht ihre Welt.

Er holte sie pünktlich ab, schien sehr zufrieden mit sich, ob dieser Verabredung und strahlte während der gesamten Fahrt ohne Unterlass. Sie unterhielten sich über belanglose Dinge, nichts Privates, später, vielleicht klappt es ja noch mit dem gemeinsamen Abendessen. Vom Tatzelwurm aus, einem beliebten Ausflugsziel im

Karwendel, gingen sie zunächst zu den Wasserfällen und dann zum Brünnsteingipfel hinauf. Sie legten die fast 900 Höhenmeter in gut zweieinhalb Stunden zurück, sehr gute Zeit. Dann kehrten sie im Brünnsteinhaus ein, bestellten sich zunächst einen Schnaps, dann ein Bier und eine üppige Brotzeit. Es folgte ein zweites Bier und nach dem zweiten Schnaps bot er ihr das Du an. „Ich habe mich vorher nicht getraut," schwindelte er. Der Abstieg erledigte sich von selbst. Sandra wunderte sich, dass sich ihre Gespräche weiterhin nur um Urlaubsziele, Job und ähnliches, aber nicht um persönliche Dinge drehte. Suchte Jacob tatsächlich nur einen Bergkameraden?

Am Parkplatz angekommen war es schon vier Uhr. Er schien den Tag etwas hinausschieben zu wollen und lud sie zu einem Kaffee an der Talstation ein.

„Jetzt ist es so," begann er, „ich würde dich gerne in einen ganz reizenden Gasthof, ganz in der Nähe, zum Abendessen einladen." Und er blickte sie fragend an.
„Hast du erwähnt."

„Und weil wir noch etwas Zeit bis zum Abendessen haben und verschwitzt sind, und uns wahrscheinlich etwas ausruhen und frisch machen wollen, habe ich in dem Gasthof zwei Zimmer reserviert..."

„Was hast du?"

Sandra lachte auf, wie sie das häufig tat. Vergaß ihr Lächeln dabei nicht, aber ihre Augen blitzten ihn an. Was dachte der Mann sich eigentlich? Dass er mit seinem Charm und seinem Geld eine Frau einfach so mir nichts, dir nichts, kaufen konnte?

„Bitte nicht falsch verstehen. Wir machen das öfters so. Nach einer anstrengenden Wanderung, setzen wir uns gerne noch in einem Gasthaus zusammen, essen und trinken, und wenn es länger wird, bleiben wir einfach da. Das müssen wir aber nicht. Wir können uns auch nur frisch machen, essen und dann zurückfahren. Völlig egal, ob wir hier übernachten oder nicht."

„Ich weiß nicht, mit wem du das machst, mit mir machst du das nicht." Sie versuchte gut gelaunt und freundlich zu bleiben, aber am liebsten hätte sie ihm ein „Du blödes Arschloch" rübergepfiffen. Sie schaffte ein Lächeln, eines von dem er annehmen musste, dass sie ihn auslachte.

„Ich verstehe dich. Du kennst mich nicht. Ich verspreche dir, ich werde dich in keine Verlegenheit bringen. Ich möchte dir nur einen schönen Abend bereiten. Vertrau mir einfach. Und eine Überraschung habe ich auch noch für dich."

„Ha!" Jetzt hörte sich ihr kurzes Lachen wie eine Kriegserklärung an. Aber sie willigte ein.

Die Zimmer waren auf dem gleichen Gang, aber nicht nebeneinander. „In einer Stunde. Ich klopfe an deine Tür," schlug er vor. „Ist in Ordnung," stimmte sie zu. Sie schmiss ihren Rucksack aufs Bett und sich daneben, merkte wie müde sie war und schlief ein. Knapp eine dreiviertel Stunde später schreckte sie hoch. Oh Scheiße! Sie ging ins Bad, duschen. Sie machte so schnell es ging, aber so schnell ging es eben nicht. Sie trocknete sich im Bad ab, dann merkte sie, dass ihre Klamotten noch im Rucksack waren. Nackt öffnete sie die Badezimmertür und da saß er, der Großkotz, im Sessel am Schreibtisch.

„Oh!"

„Oh!"

„Wie kommst du denn hier rein?"

„Durch die Tür. Meistens komm ich durch die Tür, nur um die Weihnachtszeit benutze ich manchmal den Kamin."

Sie ärgerte sich schon wieder über seine freche Art. Er hielt sich die Hand vor seine Augen und drehte sich weg. Sandra war durchaus bewusst, dass sie stolz auf ihren Körper sein konnte, und frech sein konnte sie auch:

„Warum drehst du dich denn weg? Gefall ich dir nicht?" Es kam aggressiv rüber. Er war mittlerweile aufgestanden und schaute aus dem Fenster.

„Entschuldigung. Bitte. Ich habe geklopft, nichts gehört und bin dann reingegangen, um zu sehen, ob du da bist. Ich wusste ja nicht, dass du noch nicht angezogen bist."

Sandra griff zu ihrem Rucksack.

„Nein, warte. Überraschung! Schau mal in den Schrank."

Sie öffnete die Tür ihres Kleiderschranks und entdeckte ein kornblumenblaues Kleid, schlicht, geschmackvoll, sicherlich sehr teuer. Und eine Strickjacke, Tracht mit blauen Applikationen. Ihre Größe, sehr erstaunlich. Beides passte sehr gut zu ihren dunklen Haaren: kleiner schwarzer Käfer in Kornblumenblau. Er hatte doch nicht etwa die Kleidung für sie gekauft?

„Die machen das hier so. Wenn Gäste nach der Wanderung hier übernachten, erhalten sie als Service frische Kleidung. Kann man behalten. Ein Geschenk."

Beinahe hätte sie es geglaubt. Sie ging zurück ins Bad, zog sich an und wusste nicht, ob sie vor Wut schreien oder über diesen arroganten Arsch lachen sollte. Auf jeden Fall würde sie sich beim Essen mit dem Alkohol zurückhalten. Stark bleiben! Dann betrachtete sie sich im Spiegel, und fand, dass sie gut aussah.

Das mit der Zurückhaltung beim Trinken klappte von Anfang an nicht. Hochprozentiger Enzian als Aperitif, Bier zum deftigen Essen, zwei, Obstler als Digestif, auch zwei, weil man auf einem Bein bekanntlich nicht stehen kann, obwohl sie zu diesem Zeitpunkt schon sicher war, dass sie auch auf zwei Beinen nicht mehr würde stehen können. Es hätte wirklich ein schöner Abend werden können. Doch weil der charmante Jacob immer noch so geistreich über Belangloses sprach, wurde es ihr dann zu dumm. Motiviert vom Alkohol, und von berechtigter Neugier getrieben, stellte sie die Frage, die sie schon lange beantwortet haben wollte:

„Und, Jacoble, wie schaut's denn jetzt so aus? Bist du auf Brautschau oder was?"
„Verheiratet, drei Kinder."

***

„Ihr Vorspeiseteller, la verdura, il prosciutto e molti frutti di mare. Per favore. Buon appetito."

Jacob war ein Mensch, der einfach nur geliebt werden wollte, wie jeder andere Mensch halt auch. Aber er fühlte sich nicht geliebt, weder von seiner Frau, noch von seinen Kindern, von „der Familie" schon gar nicht. Was für ihn aber noch schlimmer war, er kannte niemanden, den er lieben konnte, es war einfach niemand da.

Er hatte seine Frau Anna in den siebziger Jahren kennengelernt, auf einer Party. Sie studierte Pharmazie. Er konnte nur ein mittelmäßiges Abitur aufweisen und hatte gerade seine erste Stelle nach erfolgreich abgelegten Prüfungen angetreten, Verwaltung, Arbeitsamt, heute Job Center. Anna war einige Jahre älter als er, das war jedoch kein Hindernis gewesen, mit ihm ins Bett zu gehen. Die Beziehung hatte gerade erst angefangen, da wurde sie schwanger. Alleine die

Schwangerschaft war ein Schock für Annas Eltern. Sie waren vermögend, sehr vermögend, reich, stinkreich, und wohnten mit ihren 3 erwachsenen Kindern in einem Anwesen östlich von München. Eine Abtreibung kam für die traditionell konservative Familie nicht in Frage, er als Ehemann aber auch nicht.

Wer war er denn? Was bildet er sich denn ein?! Anna hatte sich während ihres Studiums zu einer Revoluzzerin entwickelt und genoss die Erregung ihrer alten Herrschaften. Dem alten Adel blieb gar nichts anderes übrig als das kleinere Übel zu wählen, das war Jacob. Man ließ ihn einen Ehevertrag unterzeichnen. Er bekam nichts, auch nicht den Familiennamen seiner Frau, durfte aber sein eigenes Gehalt für sich behalten, nur den Zehnten seines Nettogehaltes sollte er in den Haushaltsfonds des Anwesens einzahlen, quasi als Erinnerung dafür, dass er in diesem Hause aufgenommen wurde, Demutsnummer, aber ein durchaus gutes Geschäft für Jacob. Er bedankte sich dafür, indem er Anna nochmals schwängerte.

Sein erstes Kind war auf den Namen Annabelle getauft worden. Daran war der Liedermacher Reinhard Mey schuld, der ein Jahr vor der Geburt des Kindes, also 1973, mit dem Titel Annabelle große Erfolge feierte, ein Lieblingslied der damaligen Anna. Für das zweite Kind, auch ein Mädchen, suchte sie den Namen Anna-Katharina aus. Später kam dann noch eine Anne hinzu, als ob es nicht schon genug Annas in der Familie gegeben hätte. Jacob wurde nicht gefragt. Leider erwies es sich, dass Anne eine Behinderung hatte und zeitweise an den Rollstuhl gebunden war.

Mit der Geburt ihres dritten Kindes war für Anna, jetzt die Mutter wieder, die Familienplanung abgeschlossen und sie fragte sich, wozu sie eigentlich noch einen Mann brauchte? Getrennte Schlafzimmer. „Und wenn ich mal ein Bedürfnis habe?" fragte Jacob. „Naja, da werden wir schon eine Lösung finden. Übrigens, was ich nicht weiß, macht mich nicht heiß." Diese Aussage seiner Frau ärgerte Jacob sehr, denn es hörte sich nach einem Freibrief an.

Beruflich war ohnehin alles für sie geregelt worden. Sie übernahm die Apotheke ihres Onkels und wurde wieder gnadenlos vom Establishment, gegen das sie während ihrer Studentenzeit so sehr aufgemuckt hatte, aufgesogen. Den Jacob (Zitat: „Einen Mann kann man immer mal gebrauchen") brauchte sie vor allem für gesellige Anlässe, denn ihr gepflegter und charmanter Gatte wusste durchaus, wie man sich in der Gesellschaft zu benehmen hatte; er war in dem Freundeskreis der Familie nicht einmal unbeliebt. Mit der Familie von Anna konnte er sich jedoch nicht anfreunden.

Jacob hatte Sandra später folgendes über die Familie erzählt: „Weißt du, wie die ticken? Mein erster Schwager, Ostflügel, ist ein bekannter Notar. Der liest dir 5 Stunden am Stück einen Vertag vor, ohne mit der Wimper zu zucken. Mein zweiter Schwager, Westflügel, ist Psychiater. Der hat eine gutgehende Praxis, der war mir anfangs noch der Liebste, aber jetzt lebt der selber schon in seiner eigenen Welt, da kommt man nicht mehr ran. Die konzentrieren sich nicht auf Sätze oder Worte, die schauen auf den einzelnen Buchstaben, für die ist jedes Komma wichtig. Verstehst du, was ich meine? Und dann komm´ ich mit meinem skurrilen Humor daher. Am schlimmsten ist der alte Herr. Ich wundere mich, dass er mich duzt, ist mir selber irgendwie unangenehm. Weißt du, was der Gockel einmal zu mir gesagt hat? „Ist vielleicht ganz gut, dass du ein Mann des Volkes bist, dann kannst du uns immer erzählen, wie der Mann auf der Straße gerade denkt."

Jacob kam sich vor, wie ein Fremder im Paradies. „Manchmal träume ich, dass sie mich nicht mehr in das Haus reinlassen, dass sie mich einfach aussperren." Das Leben in dieser Familie erschien ihm wie unter einer großen Käseglocke, unter der ihm zusätzlich noch eine eigene kleine Glasglocke übergestülpt war, denn er lebte in dem großen Haus nahezu für sich alleine.

Die Kinder, ja natürlich. Er liebte seine Kinder, doch er sah sie kaum. Sie kamen schnell in die Obhut von Kindermädchen. Noch vor der Einschulung das ganze Programm: Ballettschule, Klavier, Geige, Reiten, Tennis und vieles andere mehr, dann Privatschule, schließlich das Internat in der Schweiz, das war der Weg. Als Jacob Sandra traf, war seine älteste Tochter 16, Anne 7 Jahre alt. Und die kleine Anne hatte es ihm schon sehr angetan. Besonders, wenn sie, in ihrem Rollstuhl sitzend, seine Hand nahm und sich an ihn schmiegte. Dann fühlte er sich geliebt und wertgeschätzt, dann umarmte er seine Tochter und war glücklich.

Aber die zärtliche Zweisamkeit mit einem erwachsenen Menschen, den er berühren und streicheln durfte, der sich auch danach sehnte ihn zu berühren, fehlte ihm völlig. Da war niemand. Und er kannte auch niemanden, in den er sich hätte verlieben wollen. Bis er Sandra sah.

Auch Sandra lebte allein. Sie war keine Witwe, wie viele sagten, sie war geschieden. Mit Achtzehn war sie schwanger geworden, von ihrem ersten Jugendfreund, der selber erst 18 wahr. Der Bursche war nicht nur verliebt in seine Freundin, er war auch verliebt in seinen Sport und in seine Spezeln. Bald verbrachte er wieder mehr Zeit mit seinen Freunden und im Sportheim als zu Hause. Nichtsdestotrotz wurde Sandra ein zweites Mal schwanger. Eine Katastrophe. Dennoch meisterte sie, mit Hilfe der Eltern und der Schwiegereltern, sowohl die Erziehung der beiden Kinder, als auch eine Ausbildung bei einer Bank. Sie entwickelte sich schnell zu einer reifen Frau, durchdrungen von praktischer Weisheit. Durch den täglichen Umgang mit den vielen Kunden am Bankschalter wurde sie zu einem selbstbewussten, freundlichen Menschen. Als ihre Kinder groß genug waren, reichte sie die Scheidung ein, eine richtige Ehe war das nie gewesen. Zwei Jahre später verunglückte ihr Exmann bei einem Motorradunfall. Jetzt war sie 40, so wie Jacob.

Noch bevor Jacob das Abendessen hatte bezahlen können, stand Sandra auf und ging auf ihr Zimmer. An eine Heimfahrt war nach dem Alkoholkonsum nicht mehr zu denken gewesen. Sie verschloss die Tür, doch Jacob machte ohnehin keinen Versuch, sich ihr noch einmal zu nähern. Nach dem Frühstück fuhr er sie nach Hause. „Ruf mich ja nicht mehr an," sagte sie beim Abschied. Am Abend setzte sie sich hin und öffnete eine Flasche Wein um sich zu beruhigen. Sie war verwirrt. Der Alkohol half nicht. Im Radio spielten sie zu allem Überdruss eine alte Schnulze: „Die Männer sind alle Verbrecher, … aber lieb, sind sie doch." So konnte man das sehen.

Sie benahmen sich wie zwei verliebte Teenager. Den ganzen Tag über dachte der eine an den anderen, hoffte auf ein Wiedersehen, wusste aber nicht, wie das gehen sollte. Wann immer bei ihr das Telefon klingelte, erschrak sie, rannte sofort hin, in der Hoffnung er wäre es, aber er war es natürlich nicht. Dumme Kuh, schimpfte sie sich. Er war zwar eloquent und überhaupt nicht schüchtern, doch was die Liebe und die Frauen betraf war er unerfahren, er hatte ja bislang nur Anna gehabt. Nun benahm er sich wie ein 15-jähriger, zu doof seine Herzensangelegenheit wie ein Mann zu regeln.

Dann stand er plötzlich vor ihr. In der Bank. Er hatte ausgespäht an welchem der drei Schalter sie arbeitete. Allerdings waren die Schlangen an den Schaltern unterschiedlich lang, ebenso die Bearbeitungszeit der Kundenwünsche. Er stellte sich am Schalter von Sandra an, wurde aber gebeten in eine andere Reihe zu wechseln, wo es schneller ging. Die befremdeten Blicke der anderen Kunden amüsierten ihn sehr. Er sprang dreimal hin und her damit er auch wirklich bei ihr landete.

„Was willst du denn hier?" Sie erschrak bei seinem Anblick, errötete.
„Dich sehen, mit dir reden."
„Das geht nicht."
„Dann will ich ein Konto eröffnen."
Sie kramte ein Formular hervor und fragte ihn:
„Und wieviel willst du einzahlen?"
„Eine Million."

„Was?"

„Nein, ein Scherz."

„Wieviel?"

„Wieviel muss ich?"

„Na, zuerst mal mindestens einen Euro."

„OK. Aber wenn ich schon so viel Geld anlege, dann nur unter einer Bedingung."

„Was?"

„Wir treffen uns noch einmal."

Sie lachte fast hysterisch auf. Die Kollegen an den Schaltern links und rechts von ihr blickten sie erschrocken an.

„Warum?"

„Ich bitte dich um eine zweite Chance."

„Warum?"

„Weil ich mich in dich verliebt habe."

Sie blickte zu ihm auf, sah ihn wortlos an. Er sagte: „Ich liebe dich. Sie zu, wie du damit fertig wirst."

Sandra flüsterte ihm zu: „Wann hast du Zeit?"

„Für dich nehme ich mir jede Zeit."

„Morgen Abend, 18 Uhr, bei mir. Ich koche was."

Sie hatte ein italienisches Gericht zubereitet, Hühnerbrust auf Bandnudeln mit Zitronensauce, etwas Leichtes. Dazu hatte sie einen französischen Wein gekauft, einen Saint Émilion, Grand Cru. Mit Wein kannte sie sich aus.

Jacob benahm sich sehr korrekt. Als Mitbringsel zauberte er das blaue Kleid und die Trachtenjacke hervor, die sie im Gasthof zurückgelassen hatte. Sie nahm an. Er umarmte sie nicht bei der Begrüßung, drückte sie nicht, als er sich für das feine Essen bedankte, bat sie nicht um einen Tanz, als die Hintergrundmusik, die Sandra ausgewählt hatte, dazu einlud. Er erzählte von sich, zum ersten Mal sehr persönlich, alles das, was der Leser einige Seiten vorher bereits erfahren hat, und noch viel mehr. Und Sandra erzählte ihre Geschichte. Sie saßen lange am Esstisch, aßen, tranken, redeten, alles sehr entspannt. Sandra war zunehmend irritiert, weil er ihr so überhaupt keine Avancen machte. Er benahm sich fast wie eine Frau, die verführt werden wollte.

„Setzen wir uns ins Wohnzimmer," schlug sie vor. Sie setzte sich in den Sessel, er setzte sich auf die Couch. Dann sah sie ihn lange prüfend an. Schließlich stand sie auf und ging auf ihn zu.

„Rutsch."

Sie setzte sich neben ihn.

„Kannst du küssen, Jacoble?"

Sie liebten sich. Sie wurden ein Fleisch. Das war für beide angenehm schön. Auch heute noch, wo beide weit über 60 waren, war es nicht anders, einfach nur schön. Sie musste an ihre Kinder denken, wenn die wüssten, dass die Oma noch genauso guten Sex hatte und dieselben wilden Dinge trieb wie sie.

Warum lächelst du?" fragte Jacob.
„Ich habe an etwas gedacht."
„An etwas sehr Schönes, scheinbar, ja?"
Er erhielt keine Antwort. Der Kellner brachte gerade den Hauptgang.

***

Ecco, piastra di pesce grigliata per due amanti.

Was für ein schöner Anblick! Auf bunten Salaten gebettet und mit Zitronen verziert, zwei gegrillte Doraden. Ihre Haut glänzte im Licht einer Kerze, die man auf dem Serviertischchen platziert hatte. Das Einzige, was störte, waren die toten Augen, die ins Nichts starrten. Aber so war ihre Beziehung immer gewesen, stets war ihre Liebe von einer dunkelschönen Traurigkeit umgeben.

Zwei Menschen die sich liebten, hatten sich gefunden. Wie schön. Und die ersten Wochen, Monate, ja Jahre, waren wirklich wunderschön.

Jacob verwöhnte seine Sandra, wie es ihm nur möglich war. Er überhäufte sie mit Geschenken. Nicht selten klingelte der Paketdienst völlig unerwartet an ihre Tür und brachte Schönes, Nützliches und manch Überflüssiges. Wenn er Kleidung für sie kaufte, hatte er ein erstaunlich gutes Händchen, vor allem mit den Größen. Wenn er sich nicht sicher war, machte er sich den Spaß, rief er aus dem Geschäft an, und ließ die Verkäuferin mit Sandra sprechen. Wenn sie beiläufig erwähnte, dass irgendetwas in ihrem Haushalt kaputt gegangen war, setzte er sich sofort ans Internet und bestellte. Wenn sie die Möglichkeit hatte, mit einer Freundin oder mit ihren Kindern in den Urlaub zu fahren, unterstützte er sie. Es war eine wahre Freude mit ihm. Aber nicht wegen seines Geldes, sondern weil sie sich beide so gut verstanden. Beide lachten viel miteinander, gingen oft miteinander aus und liebten sich intensiv.

Einmal nahm er sie mit auf eine Dienstreise nach Stockholm. Er flog mit Kollegen am Vormittag und ließ sie mit der Nachmittagsmaschine nachkommen. Er schaffte es gerade noch sie am Flughafen Arlanda abzuholen und sie in ihr Hotel zu bringen. Dann musste er gleich wieder weg,

Geschäftsessen. Irgendwann kam er zu ihr, legte sich neben sie und schlief ein. Den nächsten Tag musste sie alleine verbringen. Sie buchte eine Altstadttour, ging mittags fein Essen und machte danach noch eine Kanaltour mit dem Boot. Dann musste sie wieder zum Flughafen. Jacob hatte sie nicht gesehen. Das tat ihr weh. Immer mehr wurde ihr bewusst, dass Jacob nicht ihr gehörte.

Theaterkarten hatte er ihr immer gerne zukommen lassen, meistens zwei Karten, damit sie eine Freundin mitnehmen konnte und nicht alleine war. Einmal, als sie doch allein im Gärtnerplatztheater saß, wurde ein Mann, der neben ihr den Platz eingenommen hatte, auf sie aufmerksam. Ein kräftiger, starker Mann mit zwei dicken Ringen an seiner linken Pratze, sehr höflich und angenehm. Er erkundigte sich, ob die gnädige Frau allein zugegen wäre und lud sie in der Pause zu einem Glas Sekt ein. Es wäre ihm eine große Freude, wenn sie ihn nach der Vorstellung noch in das Theaterbistro gleich um die Ecke begleiten würde, weil er doch seine Abende meist alleine verbringen müsse und sie sei so eine reizende Person. Sandra lehnte freundlich ab, sehr erfreut über die Einladung.

Dann kam er auf die wenig glorreiche Idee, sie auf Familienunternehmungen mitzunehmen. Er begann Sandra Konzert- und Theaterkarten für Veranstaltungen zu schenken, die auch er mit seiner Familie besuchte. Warum? Damit er sie in seiner Nähe wusste, auch damit sie nicht eifersüchtig zu sein brauchte, wenn er mit seiner Familie unterwegs war. Dieser naive, dumme Mensch. Konnte sich dieser Trottel denn überhaupt nicht in Sandra hineinversetzen? Für Sandra war keine diese Veranstaltungen ein Genuss. Ständig wurde ihr vorgeführt, an welcher Stelle sie in Wirklichkeit in Jacobs Leben stand. Die Situation eskalierte mehr und mehr. Jacob schickte eine Karte für die Silvestervorstellung der Fledermaus im Nationaltheater. Balkon, erste Reihe. Es hätte ein schöner Abend werden können. Doch Sandra konnte sich weder an der Musik von Johann Strauß, noch an den Späßen des Zellenschließers Frosch erfreuen. Unten im Parkett sah sie Jacob mit seiner Familie, Ostflügel, Westflügel, Südflügel, der gesamte Adel.

Sie hielt es nicht mehr aus. Wie lange sollte das so weitergehen? Er hatte ihr immer wieder versprochen, dass er zu ihr kommen würde. Wann? Seit zwei Jahren waren sie nun zusammen, seine jüngste Tochter war nun neun Jahre alt, wann würde er seine Familie verlassen und zu ihr kommen?

Nachdem sie sich wieder einmal geliebt und dann gestritten, vielleicht auch zuerst gestritten und dann geliebt hatten, beliebige Reihenfolge, fragte sie ihn:
„Sag, Jacoble, wie lange muss ich noch auf dich warten?"
Jacob dachte nach, schaute sie an, sagte:
„Fünf Jahre, gib mir noch 5 Jahre."
***

Un´altra bottiglia di vino?
Natürlich.
Subito.

Der Kellner brachte die zweite Flasche Wein, wie immer. Beide genossen noch immer den vorzüglich gegrillten Fisch. Jacob redete den ganzen Abend. Sandra hörte ein bisschen zu.
„Du bist sehr nachdenklich, heute Abend."
„25 Jahre sind eine lange Zeit."

Es waren dann nicht 5 Jahre, sondern 10 Jahre und sie war noch immer allein. Und wenn sie während der ersten Jahre auch viel Verständnis für Jacob aufbringen konnte, so wurde es mit jedem Tag weniger. Wenn sie ihn nicht so gut gekannt hätte, hätte sie glauben können, er spiele nur mit ihr, nutze sie aus, gebrauche sie, Edelnutte. Aber Sex hätte er sich doch an jeder Straßenecke kaufen können. So war er nicht. Er war ein Kind geblieben, nicht erwachsen geworden, ein Träumer und ein erbärmlicher Feigling obendrein. Er wollte niemandem wehtun, warum dann aber gerade ihr?

So konnte sie nicht mehr leben. Waren die ständigen Heimlichkeiten vor ihren Kindern und ihren Freundinnen schon eine große Belastung, so wurde sie auch mehr und mehr eifersüchtig auf Jacobs Familie, die er offensichtlich nicht loslassen konnte.

„Mach Schluss mit mir, komm´ nicht mehr zu mir, lass mich in Ruhe," bat sie in ihn. „Ich kann nicht. Ich bin süchtig nach dir. Ich brauche dich. Ich habe doch sonst niemanden. Ich kann dich nicht aufgeben. Wenn, dann musst du es beenden."
Sie konnte es auch nicht. Es war die Zeit, in der sie mit ihm mehr weinte als lachte. Sie versuchte von ihm loszukommen, meldete sich oft mehrere

Wochen nicht. Doch dann rannten sie wieder aufeinander zu und liebten sich.
Schließlich brachen alle Dämme.

Sie hatten sich nach der Arbeit zu einem Glas Wein in einem Schwabinger Café getroffen. Er erzählte von seiner Familie, seiner Frau, was er alles mit ihr erdulden musste und wähnte sich scherzhaft auf der Schattenseite des Lebens. Sandra war nicht zu Späßen aufgelegt. Er erzählte von seinen Kindern, Anne war nun Neunzehn. Sie aber konnte es nicht ertragen, wenn er von seiner Familie plauderte, als gäbe es sie nicht, wenn er so tat, als ob es das selbstverständlichste war, eine Familie zu haben und hier mit der Geliebten zu sitzen. War sie denn ein Niemand? War sie denn überhaupt nichts wert? Sie stritten sich wieder.

„Wann?"
„Ich weiß es nicht."
„Warum nicht?"
„Die Kinder."
„Deine Kinder sind erwachsen."
„Aber sie sind Fleisch von meinem Fleisch und Blut von meinem Blut. Ich kann noch nicht."

In diesem Moment erhob sich eine Frau von einem Nachbartisch und machte den Schritt zu Jacob und Sandra. Die Frau hatte feuchte Augen. Sie zeigte mit ausgestreckter Hand auf Jacob und suchte den Blick Sandras.

„Der verlässt seine Familie nie. Der kommt nie zu dir."

Dann verschwand sie.

Jacob musste lachen. Das Verhalten der Frau, ein paar Jahre jünger als Sandra, imponierte ihm.

„Warum lachst du so blöd?"

Dann verschwand auch Sandra.

***

Posso disturbala brevemente? Faro presto la tavola. Un attimo, per favore.

Er räumte den silbernen Teller mit den beiden Fischen weg. Deren Anblick war nicht mehr schön. Zwei tote Fischköpfe, tote Augen, Gräten. Aus, der Schmaus.

Das wusste sie doch selber: Wer sich mit einem verheirateten Mann einlässt, läuft Gefahr, sich mit vielen Schmerzen zu durchbohren. Der Schmerzen waren nun genug gelitten. Der Jacob sollte seine Sachen regeln, dann konnte er wieder kommen. Das sagte sie ihm, wann immer er anrief, um sich nach ihr zu erkundigen. Ansonsten musste sie ihr Leben wieder in ihre eigenen Hände nehmen. Das sagte ihr Verstand, ihr Herz war davon allerdings nicht zu überzeugen.

Sie war eine attraktive Frau Mitte Fünfzig. Sie wollte den Rest ihres Lebens nicht alleine sein. Sie wollte jemanden kennenlernen, mit dem sie das Leben teilen konnte, mit dem sie altern konnte, sie wollte sich jemanden suchen, der es wert war. In den letzten Jahren war ihr niemand über den Weg gelaufen, der sie auch nur ein bisschen interessiert hätte, wie denn auch, sie hatte ja nur Augen für diesen Jacob gehabt, ihr Herz war ja erfüllt gewesen mit der Liebe zu ihm.

Geschiedene Männer gab es in ihrem Alter genug. Aber bitte! Entweder sie war geschieden, weil sie schon eine andere hatten oder sie waren geschieden, weil sie von ihrer Ex rausgeworfen worden waren. Und bei den Witwern wusste man auch nicht, ob sie ihre Frau Gemahlin ins Grab gebracht hatten. Sollte sie jetzt vielleicht jede Beerdigung im Viertel besuchen um nach brauchbaren Männern Ausschau zu halten?

Wie machte man das heute? Sie schmökerte in Zeitungsannoncen: Er sucht Sie. Ein Mann, Mitte 50, schlank, sportlich, Oberlippenbart, suchte eine Frau mit ernsten Absichten und der Bitte um ein Foto. Sie schickte ein kurzes Schreiben mit einem hübschen Bild, sie, im langen Kleid vor einer Palme. Wenige Tage später rief Jacob mal wieder bei ihr an. Sie erzählte ihm von der Annonce. Das war nicht gemein, das war ehrlich. Natürlich tat es ihm sehr weh. Es vergingen dann noch ein paar Tage bis ihr Auserkorener antwortete. Er bedankte sich, es täte ihm aber sehr leid, er habe bereits anders entschieden. Vielleicht hätte sie ein Brustbild schicken sollen, dachte sie bei sich.

Dann sollte sie bei einer Familienfeier verkuppelt werden. Ein entfernter Verwandter kannte einen entfernten Verwandten, der auf der Suche war. Geschieden, nicht schön, aber nett, „… und Geld hat er auch." Und so war er dann auch, nicht schön, aber nett. „Was zählt, ist die Schönheit des Herzens," reklamierte er für sich. Dennoch, absolut nicht der Typ von Sandra. Der Heinz, so hieß der kleine Mann, fing sofort Feuer. In Sandra regte sich der Spieltrieb, vor allem, weil der Heinz so sehr von sich überzeugt war. Er lud sie zum

Essen ein, sie sagte zu. Er holte sie mit einem alten Mercedes ab, sie besuchten ein gutbürgerliches Lokal, er unterhielt sie recht ordentlich und verliebte sich in Sandra auf der Stelle. Dann brachte er sie nach Hause. Er hing an ihrer Angel und sie wollte ein bisschen spielen. Sie fragte, ob er noch schnell einen Kaffee bei ihr trinken wolle. Und wie er wollte. Nach dem Kaffee wurde er übergriffig. Am nächsten Tag schickte er einen Strauß Blumen mit einem Kärtchen. Darauf verlieh er seiner Hoffnung Ausdruck, dass der gestrige Abend der Anbeginn einer innigen Freundschaft werden würde. Sie rief ihn sofort an und sagte ab.

Dann kam die Sache mit dem Musiker. Natürlich kein Mann für das Leben, aber wenigstens ein Abenteuer. Mit ihrer Freundin war sie zu einer Veranstaltung in eine Musikkneipe in Schwabing gegangen. Ihre Freundin kannte die Wirtin. Der Abend wurde sehr lang, zum Schluss saßen nur noch die drei Frauen und der Barde an einem Tisch. Er flirtete mit Sandra. Das machte sie an. Sie tanzten miteinander, engumschlungen, das gefiel ihr. Sie wollte ihn schon fragen, wo er wohnte, wo er übernachtete, als die eifersüchtige

Wirtin kam und ihn von Sandra loseiste. „Komm, es wird Zeit ins Bett zu gehen."

Die Zeit heilt jede Wunde. Die Traurigkeit übermannte sie noch häufig, die Schmerzen verschwanden jetzt aber immer schneller. Jacob rief nur sehr selten an, sie ihn überhaupt nicht. Mehr als ein Jahr war nun seit ihrer Trennung vergangen. Und so wäre es wohl auch geblieben, wenn sie nicht eines Tages ein neues Handy von ihrer Tochter geschenkt bekommen hätte. Mit Blue Tooth und automatischer Datenübertragung war sie nicht vertraut, also gab sie ihre Telefonnummern händisch ein. Sie stieß auf die Nummer von Jacob. Sie befand sich zwischen dem zweiten und dritten Glas Rotwein, der Alkohol, eine Laune, was auch immer. Sie schickte ihm, ohne viel zu überlegen, eine SMS:

„Wie geht es dir denn so, Jacoble?"
„Wo bikd deú?" kam zurück. Entweder war er betrunken oder freudig erregt.
„Ilb bikd zu Hause," schrieb sie mit einem Lächeln zurück.
„Können wir uns nicht mal wiedersehen?" fragte er nun korrekt an und weil er nicht gleich eine Antwort bekam, schob er ein „Bitte" hinterher.

„Dann kommst halt mal wieder zu mir."
„Morgen Abend, ja? Machst du wieder Hühnchen
mit Bandnudeln und Zitronensauce?"

***

Als er dann in ihrer Tür stand, mit einem riesigen
Blumenstrauß in der Hand, brach sie in einen
Weinkrampf aus. Nein, es war nicht die
Wiedersehensfreude, es war nicht aus Liebe, es
war der tiefe Schmerz, der noch immer in ihr
schlummerte und nun wieder aufbrach.

*„Attenzione! Questa grappa e una bomba!
Salute!"*
„Trinken wir auf uns, Sandra."
„Ja, Jacoble, trinken wir auf uns."

Vom gleichen Autor sind erschienen:

Hagelschlag und Nagellack
Ein Spaßbuch für Flugschüler und Piloten

In der Kathedrale meines Herzens (und anderer Unsinn)
Traurige Lachgeschichten

Brauch deine Liebe nicht
Unglaublich wahre Geschichten